Verlag der Vampire

Darren Shan
im Verlag der Vampire

Darren Shan und der Mitternachtszirkus
Darren Shan und die Freunde der Nacht
Darren Shan und die dunkle Stadt
Darren Shan und der Berg der Vampire
Darren Shan und die Prüfungen der Finsternis

Darren Shan

... und der Berg der Vampire

Roman

Aus dem Englischen von
Gerald Jung und Katharina Orgaß

Verlag der Vampire

Die englische Originalausgabe erschien 2001 unter dem Titel
VAMPIRE MOUNTAIN
bei HarperCollins, London

Besuchen Sie uns im Internet:
www.verlagdervampire.de

Sagen Sie uns Ihre Meinung:
DarrenShan@droemer-weltbild.de

Umschlaggestaltung: Agentur ZERO, München
Umschlagabbildung: Johannes Reiner, München
Satz: Ventura Publisher im Verlag
Druck und Bindung: Clausen & Bosse, Leck
Printed in Germany
ISBN 3-7951-1790-9

2 4 5 3 1

Für:

Die Fitz-Freaks:
Ronan, Lorcan, Kealan, Tiernan & Meara
– ein Hoch auf das Shack Pack!!!

*

Die drei vom OBE
(Orden der Blutigen Eingeweide):
Ann »die Monstervatorin« Murphy
Moira »die Mediatrix« Reilly
Tony »Giggsy« Purdue

*

Meine Spießgesellen:
Liam & Biddy
Gillie & Zoë
Emma & Chris

EINLEITUNG

»Pack deine Sachen«, befahl Mr. Crepsley eines Abends, bevor er sich in seinem Sarg schlafen legte. »Morgen machen wir uns auf den Weg zum Berg der Vampire.«
Ich hatte mich schon daran gewöhnt, dass mein Lehrmeister mir seine Entscheidungen ohne großartige Erklärungen mitteilte – er hielt nichts davon, mich vorher zu Rate zu ziehen –, aber diese Ankündigung überraschte mich trotzdem.
»Zum Berg der Vampire?«, rief ich schrill. »Was sollen wir denn *dort?«*
»Es wird langsam Zeit, dich dem Konzil vorzustellen«, sagte er.
»Dem Rat der Obervampire?«, fragte ich verblüfft. »Wieso müssen wir dorthin? Warum ausgerechnet jetzt?«
»Das ist nun mal so üblich. Außerdem tritt das Konzil nur alle zwölf Jahre zusammen. Wenn wir die diesjährige Versammlung verpassen, müssen wir bis zur nächsten ziemlich lange warten.«
Das war alles, was ich aus ihm herausbekam. Sämtlichen weiteren Fragen gegenüber stellte er

sich taub, verkroch sich rechtzeitig vor Sonnenaufgang in seinen Sarg und ließ mich grübelnd zurück.

Ich heiße Darren Shan. Ich bin ein Halbvampir. Bis vor ungefähr acht Jahren war ich noch ein Mensch, aber dann wollte es das Schicksal, dass ich Mr. Crepsley begegnete und gegen meinen Willen sein Gehilfe wurde. Anfangs fiel es mir ganz schön schwer, mich an das Vampirdasein und alles, was dazugehört, zu gewöhnen – besonders daran, Menschenblut zu trinken –, aber schließlich fügte ich mich in mein Los und versuchte, mich in meiner neuen Situation zurechtzufinden.
Wir zogen mit einer Truppe nicht alltäglicher Zirkusartisten durch die Lande, deren Direktor ein Mann namens Hibernius Riesig war. Wir bereisten die ganze Welt und begeisterten das Publikum mit der Zurschaustellung unserer außergewöhnlichen magischen Fähigkeiten.
Zuletzt hatten Mr. Crepsley und ich den Cirque du Freak vor sechs Jahren verlassen. Damals mussten wir einem geisteskranken Vampyr namens Murlough das Handwerk legen, der Mr. Crepsleys Heimatstadt in Angst und Schrecken versetzte. Die Vampyre sind eine abtrünnige Untergruppe der Vampire, die ihre Opfer töten, wenn sie sich an ihnen gütlich tun. Vampire tun

das nicht – wir trinken immer nur kleine Mengen Blut, damit niemand zu Schaden kommt. Die meisten Erzählungen oder Filme über Vampire handeln in Wirklichkeit von Vampyren.
In den vergangenen sechs Jahren war ich mit meinem Leben zufrieden gewesen. Ich trat regelmäßig bei den Zirkusvorstellungen auf und führte den staunenden Besuchern Madame Octa vor, Mr. Crepsleys dressierte Giftspinne. Außerdem hatte ich mir ein paar Zaubertricks beigebracht, die ich in meinen Auftritt einbaute. Mit den anderen Artisten verstand ich mich prima. Auch an das ständige Umherziehen hatte ich mich rasch gewöhnt und sogar Gefallen daran gefunden.
Aber jetzt, nach sechs Jahren eines vergleichbar ruhigen Lebens, sollten wir uns wieder einmal auf den Weg ins Unbekannte machen. Ich hatte schon das eine oder andere über das Konzil der Vampire und ihren geheimnisvollen Berg gehört. Die Obervampire waren die Anführer der Vampire und achteten darauf, dass alle sich an die Gesetze hielten. Sie töteten geistesgestörte oder bösartige Vampire und sorgten unter den übrigen Untoten für Ordnung. Auch Mr. Crepsley war früher ein Obervampir gewesen, hatte dieses Amt aber schon vor langer Zeit aus Gründen, die er mir nie verraten hatte, niedergelegt.
In regelmäßigen Abständen – offenbar alle zwölf Jahre – versammelten sich die Obervampire in

einer geheimen Festung, um sich zu beraten – was diese blutrünstigen Kreaturen der Nacht eben so zu beraten hatten. An dieser Versammlung nahmen jedoch nicht nur Obervampire teil. Auch ganz gewöhnliche Vampire waren zugelassen, aber die Obervampire waren in der Mehrheit. Ich hatte keine Ahnung, wo sich diese Festung befand oder wie wir dort hinkommen sollten, und schon gar nicht, warum ich dem Konzil unbedingt vorgestellt werden sollte – aber das würde ich sicher bald herausfinden!

KAPITEL 1

Was die bevorstehende Reise betraf, schwankte ich zwischen Neugier und Furcht. Ich hatte keinen blassen Schimmer, was mich erwartete, aber ich ahnte schon, dass es kein Zuckerschlecken werden würde. Deshalb vertrödelte ich den ganzen Tag damit, die Rucksäcke für mich und Mr. Crepsley zu packen, damit die Zeit schneller herumging. (Richtige Vampire sterben, wenn sie der Sonne länger als ein paar Stunden ausgesetzt sind, aber Halbvampiren kann das Sonnenlicht nichts anhaben.)

Da ich unser Ziel nicht kannte, hatte ich auch keine Ahnung, was wir mitnehmen und was wir lieber dalassen sollten. Wenn es auf dem Berg der Vampire eiskalt und winterlich war, brauchte ich warme Kleidung und Stiefel; falls er aber in einer heißen, tropischen Gegend lag, waren eher T-Shirts und kurze Hosen angesagt.

Ich fragte ein paar Kollegen vom Zirkus, aber sie wussten auch nicht mehr als ich, mit Ausnahme von Meister Riesig, der mir dringend riet, Winterkleidung einzupacken. Meister Riesig zählte zu den Leuten, die über alles und jeden Bescheid wissen.

Auch Evra plädierte für warme Klamotten. »Ich glaube nicht, dass die lichtscheuen Vampire ihren Treffpunkt ausgerechnet in die sonnige Karibik verlegt haben!«, spottete er.

Evra Von war ein Schlangenjunge und hatte statt Haut Schuppen am ganzen Körper. Genau genommen war er ein Schlangenjunge *gewesen* – inzwischen war er ein Schlangen*mann*. In den letzten sechs Jahren war er deutlich größer, breitschultriger und erwachsener geworden. Ganz im Gegensatz zu mir. Als Halbvampir alterte ich nur ein Fünftel so schnell wie normale Menschen. Obwohl es schon acht Jahre her war, dass Mr. Crepsley mich angezapft hatte, sah ich höchstens ein Jahr älter aus.

Ich fand es grässlich, dass ich nicht ganz normal älter wurde. Früher war Evra mein bester Freund gewesen, aber das war vorbei. Wir waren immer noch gute Kumpel und teilten uns ein Zelt, aber er war jetzt ein junger Mann und interessierte sich mehr für Leute seines Alters – vor allem für Frauen! In Wirklichkeit war ich nur wenige Jahre jünger als Evra, aber ich sah immer noch aus wie ein Kind, und es fiel ihm schwer, mich wie einen Gleichaltrigen zu behandeln.

Ein Halbvampir zu sein, hatte zwar auch seine Vorteile – ich war stärker und schneller als jeder

Mensch und würde auch länger leben –, aber ich hätte das alles jederzeit dafür hergegeben, so alt auszusehen, wie ich wirklich war, und ein ganz normales Leben führen zu können.

Auch wenn Evra und ich uns nicht mehr so nahe standen wie früher, war er noch immer mein Freund und machte sich große Sorgen, als ich ihm von meinem bevorstehenden Aufbruch zum Berg der Vampire erzählte. »Nach allem, was ich darüber gehört habe, ist die Reise dorthin kein Kinderspiel«, warnte er mich mit der tiefen Stimme, die er vor ein paar Jahren gekriegt hatte. »Vielleicht sollte ich lieber mitkommen.«

Nur zu gern hätte ich sein Angebot angenommen, aber Evra hatte sein eigenes Leben. Zuzulassen, dass er meinetwegen dem Cirque du Freak Lebewohl sagte, wäre nicht fair gewesen. »Nein, danke«, lehnte ich deshalb ab. »Bleib du lieber hier und halt mir meine Hängematte warm. Ich komme schon klar. Außerdem mögen Schlangen keine Kälte, oder?«

»Das stimmt allerdings«, lachte er. »Wahrscheinlich würde ich bis zum Frühling einfach in Winterschlaf fallen!«

Trotzdem half Evra mir beim Packen. Allerdings besaß ich nicht viel, was ich mitnehmen konnte: ein paar Klamotten, gefütterte Stiefel, spezielles Kochgeschirr, das sich ganz klein zusammenfalten ließ und bequem zu tragen war, mein Tagebuch (das nahm ich überallhin mit) und ein paar andere Kleinigkeiten. Evra drängte mich, ein Seil einzustecken. Er meinte, es könnte mir nützlich sein, vor allem beim Bergsteigen.

»Wir Vampire können ausgezeichnet klettern«, erinnerte ich ihn.

»Weiß ich ja«, erwiderte er, »aber möchtest du wirklich nur an den Fingernägeln in einer Steilwand hängen?«

»Klar will er das!«, ertönte eine dröhnende Stimme hinter uns, bevor ich selbst antworten konnte. »Vampire sind doch versessen auf Gefahren.«

Als ich mich nach dem Sprecher umdrehte, sah ich mich Auge in Auge mit dem unheimlichen Meister Schick und wäre vor Schreck fast zur Salzsäule erstarrt.

Meister Schick war ein kleiner, dicklicher Mann mit weißem Haar, dicken Brillengläsern und grünen Gummistiefeln. Seine Finger spielten meistens mit seiner herzförmigen Uhr. Er sah aus wie ein netter, alter Onkel, aber in Wirklichkeit war er ein grausamer, durch und durch böser Mann, der einem die Zunge herausschneiden konnte, bevor man Zeit hatte, auch nur »Hallo« zu sagen. Niemand wusste genauer über ihn Bescheid, aber alle fürchteten sich vor ihm. Sein Vorname lautete Salvatore, und wenn man die Kurzform Sal an den Nachnamen anhängte, kam dabei *Meister Schicksal* heraus.

Ich war Meister Schick bisher nur einmal begegnet, kurz nachdem ich zum Cirque du Freak gestoßen war, aber ich hatte schon so manche Geschichte über ihn gehört: zum Beispiel, dass er kleine Kinder zum Frühstück verspeiste oder ganze Städte niederbrannte, bloß um sich die Füße zu wärmen. Jetzt stand er nur wenige Meter von mir entfernt und hatte offenbar meine Unterhaltung mit Evra belauscht. Mir zog sich der Magen zusammen, aber er blinzelte mir zu und verschränkte die Hände hinter dem Rücken.
»Vampire sind wirklich seltsame Geschöpfe«, fuhr er fort und machte einen Schritt auf mich zu, als hätte er schon die ganze Zeit an unserem Gespräch teilgenommen. »Sie lieben die Herausforderung. Ich kannte mal einen, der so lange in der Sonne herumspaziert ist, bis er tot war, und das nur, weil jemand sich darüber lustig gemacht hatte, dass er nie vor Anbruch der Dunkelheit das Haus verließ.«
Er streckte mir die Hand entgegen, und ich war so verängstigt, dass ich sie automatisch ergriff und schüttelte. Ganz anders Evra – als Mr. Schick dem Schlangenmann die Hand hinhielt, zitterte er zwar, schüttelte aber heftig den Kopf. Mr. Schick lächelte bloß und ließ die Hand wieder sinken.
»Soso, du willst also zum Berg der Vampire«, bemerkte er, hob meinen Rucksack hoch und spähte

hinein, ohne mich vorher um Erlaubnis zu fragen. »Pack lieber noch Streichhölzer ein, Mr. Shan. Du hast einen langen, kalten Weg vor dir. Die Stürme, die um den Berg der Vampire brausen, lassen sogar einem abgehärteten jungen Mann wie dir das Blut in den Adern gefrieren.«

»Danke für den Tipp«, sagte ich.

Das war das Verwirrende an Meister Schick: Er war stets höflich und liebenswürdig. Obwohl man genau wusste, dass er vor keiner Grausamkeit zurückschreckte, musste man ihn manchmal einfach gern haben.

»Sind meine Kleinen Leute hier irgendwo in der Nähe?«, wechselte er das Thema. Die Kleinen Leute waren winzige Burschen in blauen Kapuzenkutten, die kein Wort sprachen und alles aßen, was sich bewegte (sogar Menschen!). Einige dieser rätselhaften Wesen hielten sich immer im Cirque du Freak auf. Derzeit waren es acht.

»Wahrscheinlich sitzen sie in ihrem Zelt«, meinte ich. »Ungefähr vor einer Stunde habe ich ihnen etwas zu essen gebracht. Ich nehme an, sie sind noch damit beschäftigt.« Es gehörte zu meinen täglichen Pflichten, für die Kleinen Leute Nahrung zu beschaffen. Früher hatte Evra mir dabei geholfen, aber mit zunehmendem Alter hatte er keine Lust mehr zu derart unappetitlichen Arbeiten. Inzwischen gingen mir dabei ein paar Jugendliche, allesamt Kinder von Zirkusarbeitern, zur Hand.

»Ausgezeichnet«, lobte Meister Schick und wandte sich zum Gehen. »Ach übrigens«, er blieb stehen, »eins noch: Richte Larten bitte aus, dass ich ihn vor eurer Abreise unbedingt sprechen muss.«

»Ich glaube, er hat es ziemlich eilig«, wandte ich ein. »Vielleicht haben wir keine Zeit mehr, um ...«

»Richte ihm einfach aus, dass ich ihn sprechen möchte«, fiel mir Meister Schick ins Wort. »Ich bin mir ganz sicher, dass er für *mich* einen Augenblick Zeit hat.« Er tippte grüßend an seine Brille, winkte zum Abschied und ging seines Weges. Evra und ich wechselten einen besorgten Blick, dann stopfte ich eine Schachtel Streichhölzer in meinen Rucksack und eilte los, um Mr. Crepsley zu wecken.

KAPITEL 2

Der Vampir war ziemlich ungehalten, als ich ihn wachrüttelte – er stand nicht gern vor Sonnenuntergang auf –, aber er hörte auf zu grummeln, als ich ihm den Grund für meine Störung erklärte. »Meister Schick«, seufzte er und kratzte sich die lange Narbe, die sich über seine linke Gesichtshälfte zog. »Was mag ausgerechnet *der* von mir wollen?«

»Keine Ahnung«, antwortete ich. »Aber er bestand darauf, vor unserer Abreise mit Ihnen zu sprechen.« Ich senkte die Stimme zu einem Flüstern. »Wenn wir uns beeilen, können wir uns aus dem Staub machen, ohne dass uns jemand sieht. Es dämmert bald. Wenn wir immer im Schatten bleiben, macht Ihnen eine Stunde Sonnenlicht doch nichts aus, oder?«

»Nein«, bestätigte Mr. Crepsley. »Aber es ist nicht meine Art, mich wie ein geprügelter Hund mit eingezogenem Schwanz davonzuschleichen. Ich habe keine Angst vor Salvatore Schick. Bring mir meinen besten Umhang. Wenn ich auf Besuch gehe, mache ich mich immer fein.« Diese Bemerkung war für seine Verhältnisse geradezu ein Scherz – normalerweise hatte er ziemlich wenig Sinn für Humor.

Eine Stunde später, bei Sonnenuntergang, betraten wir Meister Riesigs Wohnwagen. Meister Schick unterhielt den Direktor des Cirque du Freak gerade mit Anekdoten über ein noch nicht lange zurückliegendes Erdbeben, bei dem er dabei gewesen war.

»Ah, Larten!«, begrüßte er den Vampir strahlend. »Pünktlich wie immer.«

»Guten Abend, Salvatore«, erwiderte mein Lehrmeister ziemlich förmlich den Gruß.

»Nimm doch Platz«, forderte Meister Schick ihn liebenswürdig auf.

»Danke, ich stehe lieber.« In der Anwesenheit dieses Mannes zogen alle es vor zu stehen – für den Fall, dass sie schnell die Flucht ergreifen mussten.

»Ich habe gehört, ihr wollt zum Berg der Vampire«, sagte Meister Schick im Plauderton.

»Wir wollten gerade aufbrechen«, bestätigte Mr. Crepsley.

»Das ist das erste Konzil, an dem du nach fast fünfzig Jahren wieder teilnimmst, nicht wahr?«

»Du bist gut informiert«, knurrte der Vampir.

»Ich höre eben das Gras wachsen.«

Es klopfte, und Meister Schick bat zwei der Kleinen Leute herein. Einer von ihnen zog das linke Bein nach. Er war schon fast so lange beim Cirque du Freak wie ich. Ich nannte ihn immer Lefty, aber das war nur sein Spitzname – die Kleinen Leute hatten keine richtigen Namen.

»Alles klar, Jungs?«, fragte Meister Schick. Die Kleinen Leute nickten. »Hervorragend!« Er schenkte Mr. Crepsley ein breites Lächeln. »Die Anreise zum Berg der Vampire ist so unwegsam wie eh und je, nicht wahr?«

»Es ist kein Spaziergang«, bestätigte mein Lehrer knapp.

»Ziemlich gefährlich für einen Grünschnabel wie Mr. Shan, meinst du nicht auch?«

»Darren kann bestens auf sich selbst aufpassen«, erwiderte der Vampir, und ich grinste stolz.

»Gewiss kann er das«, räumte Meister Schick ein, »aber es ist ungewöhnlich, dass sich ein so junger Bursche auf diese gefährliche Reise begibt, stimmt's?«

»Ja«, gab Mr. Crepsley widerwillig zu.

»Deshalb möchte ich euch diese beiden hier als Begleitschutz zur Verfügung stellen.« Der hinterhältige Mann deutete mit einer Handbewegung auf die beiden Kleinen Leute.

»Begleitschutz?«, blaffte Mr. Crepsley. »Darauf können wir verzichten. Ich mache diese Reise schließlich nicht zum ersten Mal. Ich kann allein auf Darren aufpassen.«

»Zweifellos, zweifellos«, säuselte Meister Schick. »Aber ein bisschen Hilfe hat noch nie geschadet.«
»Sie wären bloß im Weg«, brummte der Vampir mürrisch. »Ich habe keine Lust, sie mitzuschleppen.«
»Meine Kleinen Leute? Im Weg?« Meister Schick klang schockiert. »Zu dienen ist ihr Lebenszweck. Wie zwei Schutzengel werden sie euren Schlaf bewachen.«
»Kommt nicht in Frage«, lehnte Mr. Crepsley mit fester Stimme ab. »Ich will ...«
»Es handelt sich nicht um ein Angebot«, schnitt ihm sein Gegenüber das Wort ab. Seine Stimme klang freundlich, aber der warnende Unterton war nicht zu überhören. »Die beiden begleiten euch, und damit basta. Sie kümmern sich um ihre eigene Verpflegung und teilen sich ihre Arbeit selbst ein. Ihr braucht nur dafür zu sorgen, dass ihr sie auf eurem Weg durch die Schneewüste nicht verliert.«
»Und wenn wir am Ziel sind?«, fauchte Mr. Crepsley. »Soll ich sie etwa mit in den Berg nehmen? Das ist streng verboten. Die Obervampire gestatten so etwas nicht.«
»Mach dir darüber mal keine Gedanken«, erwiderte Meister Schick. »Vergiss nicht, wer seinerzeit die Fürstenhalle erbaut hat. Paris Skyle und die anderen wissen sehr genau, wem sie das zu

verdanken haben. Sie haben bestimmt nichts dagegen einzuwenden.«

Mr. Crepsley bebte förmlich vor Wut, aber sein Zorn verpuffte ins Leere, als er in Meister Schicks Augen las, dass der kleine Mann nicht mit sich handeln ließ. Schließlich nickte er und senkte den Blick, als schämte er sich, dem Ansinnen seines lästigen Widersachers nachgeben zu müssen.

»Ich wusste doch, dass du es zu guter Letzt einsiehst«, grinste Meister Schick zufrieden und musterte mich von oben bis unten. »Du bist erwachsener geworden«, stellte er dann fest. »Jedenfalls innerlich, und nur das zählt. Deine Auseinandersetzungen mit dem Wolfsmann und Murlough haben dich stärker gemacht.«

»Woher weißt du denn davon?« Der Vampir schnappte verdutzt nach Luft. Es war allgemein bekannt, dass ich eine blutige Auseinandersetzung mit dem Furcht einflößenden Wolfsmenschen gehabt hatte, aber die Sache mit Murlough hatten wir streng geheim gehalten. Wenn die Vampyre davon Wind bekamen, würden sie uns bis in den entlegensten Winkel der Erde verfolgen und töten.

»Ich weiß so allerhand«, kicherte Meister Schick in sich hinein. »Mir bleibt nichts verborgen. Du hast schon einen langen Weg hinter dir«, wandte er sich dann wieder an mich, »aber ein nicht minder langer Weg liegt noch vor dir. Die Zukunft birgt viele Gefahren für dich, und damit meine ich nicht nur die Reise zum Berg der Vampire. Du musst stark sein und fest an dich glauben. Gib dich niemals geschlagen, auch wenn die Niederlage unausweichlich scheint.«

Diese kleine Ansprache verblüffte mich. Ich lauschte ihr benommen und wunderte mich zugleich, dass Meister Schick mit einem Mal so einen feierlichen Ton anschlug.

»Das ist alles, was ich zu sagen habe«, schloss er, stand auf und befingerte seine herzförmige Uhr. »Die Zeit läuft. Wir alle haben unsere Ziele und Termine. Auch ich muss aufbrechen. Hibernius, Larten, Darren.« Er deutete vor jedem Einzelnen von uns eine Verbeugung an. »Wir haben uns bestimmt nicht zum letzten Mal gesehen.« Dann ging er zur Tür, wechselte noch einen Blick mit den Kleinen Leuten und verließ den Wohnwagen.

Wir Zurückbleibenden starrten einander in der eintretenden Stille sprachlos an und fragten uns, was das alles bedeuten mochte.

Mr. Crepsley war unzufrieden, aber er konnte den Zeitpunkt unserer Abreise nicht länger hinausschieben. Pünktliches Erscheinen bei der Versammlung sei wichtiger als alles andere, erklärte er. Ich half ihm beim Packen, während die Kleinen Leute vor dem Wohnwagen warteten.

»Das hier kannst du nicht anziehen«, kommentierte er mein farbenprächtiges Piratenkostüm, das mir auch nach all den Jahren und Strapazen noch passte. »Da, wo wir hingehen, fällst du damit auf wie ein bunter Hund. Hier!« Er warf mir einen Packen Kleider zu. Ich wühlte ihn durch und fand darin einen hellgrauen Pullover, eine graue Hose und eine Wollmütze.

»Wie lange haben Sie diese Reise schon geplant?«, fragte ich überrascht.

»Eine ganze Weile«, erwiderte er ausweichend und streifte statt seiner üblichen roten Gewänder Hose und Pullover von ähnlichem Grau wie die meinen über.

»Hätten Sie mir nicht früher etwas davon sagen können?«

»Hätte ich«, erwiderte er in seiner gelassenen Art, die mich jedes Mal rasend machte.

Ich schlüpfte in meine neuen Kleider und sah mich nach Schuhen und Socken um, aber der Vampir schüttelte den Kopf. »Keine Fußbekleidung«, sagte er. »Wir gehen barfuß.«

»Durch Schnee und Eis?«, japste ich.

»Vampire haben dickere Fußsohlen als Menschen«, klärte er mich auf. »Du wirst die Kälte kaum spüren, schon gar nicht, wenn du in Bewegung bist.«

»Und was ist mit Steinen und Dornen?«, murrte ich.

»Die härten deine Fußsohlen noch zusätzlich ab«,

schmunzelte er und zog seine Schuhe aus. »Für alle Vampire gilt dasselbe. Diese Reise ist keine gewöhnliche Wanderung – sie ist eine Prüfung. Stiefel, Jacken, Seile: alles verboten.«

»Kommt mir ziemlich idiotisch vor«, maulte ich, holte aber das Seil, meine restlichen Kleider und die Stiefel wieder aus dem Rucksack. Als alles Übrige verstaut war, erkundigte mein Herr und Meister sich, wo Madame Octa sei. »Wollen Sie die Spinne etwa *mitnehmen?*«, fragte ich entsetzt. Ich wusste genau, wer sich in diesem Fall um das Tier kümmern musste – Mr. Crepsley bestimmt nicht!

»Ich möchte sie jemandem zeigen«, antwortete er.

»Hoffentlich frisst dieser Jemand Spinnen«, sagte ich naserümpfend und holte den Käfig hinter dem Sarg des Vampirs hervor, wo ich ihn in der Zeit zwischen den Vorstellungen aufbewahrte. Die Spinne krabbelte aufgeschreckt umher, als ich den Käfig hochhob und in meinen Rucksack steckte, beruhigte sich aber, sobald sie wieder im Dunkeln war.

Dann war es Zeit aufzubrechen. Von Evra hatte ich mich bereits verabschiedet – er musste sich schon auf die Abendvorstellung vorbereiten –, und Mr. Crepsley hatte Meister Riesig auf Wiedersehen gesagt. Sonst würde uns niemand groß vermissen.

»Fertig?«, vergewisserte sich der Vampir.

»Fertig«, seufzte ich.

Wir verließen die Sicherheit des Wohnwagens, überquerten ungesehen den Zeltplatz und begaben uns, gefolgt von den beiden stummen Kleinen Leuten, auf eine Reise in kalte, ferne, blutgetränkte Lande, was sich schon bald als höchst abenteuerlich und gefährlich herausstellen sollte.

KAPITEL 3

Kurz vor Einbruch der Dunkelheit wachte ich auf, streckte meine steifen Glieder – was hätte ich nicht für ein Bett oder eine Hängematte gegeben! – und trat vor die Höhle, um den öden Landstrich, durch den wir gerade wanderten, näher in Augenschein zu nehmen. Da wir nachts unterwegs waren, hatte ich bisher kaum Gelegenheit gehabt, meine Umgebung zu betrachten. Nur manchmal, wenn wir irgendwo rasteten, konnte ich mich in Ruhe umsehen.

Wir waren noch unterhalb der Schneegrenze, hatten aber die Zivilisation schon beinahe hinter uns gelassen, denn in dieser felsigen, unwirtlichen Gegend lebten nur vereinzelt Menschen. Sogar Tiere waren selten, obwohl einige besonders abgehärtete Arten sich auch hier in der rauen Natur behaupten konnten: vor allem Rotwild, Wölfe und Bären.

Wir waren bereits mehrere Wochen unterwegs, vielleicht sogar schon einen Monat, aber ich hatte nach ein paar Nächten jedes Zeitgefühl verloren. Immer, wenn ich Mr. Crepsley fragte, wie viele

Kilometer wir noch vor uns hatten, antwortete er lächelnd: »Nur noch ein kleines Stück.«

Auf dem steinigen Boden hatte ich mir die Füße bald wund gelaufen. Mr. Crepsley träufelte mir den Saft von Heilkräutern, die er unterwegs pflückte, auf die Fußsohlen und trug mich ein paar Nächte huckepack, damit die Haut nachwachsen konnte (Wunden heilen bei mir schneller als bei gewöhnlichen Menschen). Danach hatte ich keine Beschwerden mehr.

Eines Nachts meinte ich, es sei doch schade, dass die Kleinen Leute uns begleiteten, sonst könnte Mr. Crepsley mich auf den Rücken nehmen und huschen. (Vampire beherrschen eine magische Methode der Fortbewegung und können so schnell rennen wie der Wind, indem sie elegant und lautlos über den Boden gleiten wie Aale durchs Wasser. Sie nennen das »Huschen«.) Aber mein Lehrmeister erklärte mir, unser langsames Tempo habe nichts mit den Kleinen Leuten zu tun. »Huschen ist auf dem Weg zum Berg ebenfalls nicht gestattet«, erläuterte er. »Die beschwerliche Anreise dient dazu, die Schwachen auszusondern. Vampire sind manchmal ziemlich unbarmherzig. Wir dulden niemanden in unserer Gemeinschaft, der sich unter erschwerten Bedingungen nicht behaupten kann.«

»Das finde ich ungerecht«, sagte ich empört. »Was ist mit denen, die alt oder verletzt sind?«

Der Vampir zuckte die Achseln. »Entweder treten sie die Reise gar nicht erst an, oder sie sterben unterwegs.«

»Ich finde diese ganzen Vorschriften blöd«, meinte ich. »Wenn ich selbst huschen könnte, würde ich es einfach tun. Es würde bestimmt keiner merken.«

Mein Lehrmeister rollte mit den Augen. »Anscheinend hast du die Prinzipien unseres Clans immer noch nicht begriffen«, seufzte er. »Es ist unehrenhaft, seine Kameraden zu hintergehen. Wir sind stolze Geschöpfe, Darren, und leben nach strengen Gesetzen. Von unserem Standpunkt aus ist es besser, das Leben zu verlieren als die Ehre.«

Mr. Crepsley redete oft über Ehre, Stolz und Aufrichtigkeit. Vampire waren hart gegen sich selbst und führten ein möglichst naturverbundenes Leben. Das war ihre freie Entscheidung. »Das Leben ist eine Herausforderung«, hatte mein Meister mir einmal erklärt, »und nur diejenigen, die sich ihr stellen, wissen wirklich, was es heißt zu leben.«

Mittlerweile hatte ich mich an die Kleinen Leute gewöhnt, die uns Nacht für Nacht stumm und unbeirrt folgten. Tagsüber, wenn wir schliefen, gingen sie auf die Jagd nach Essbarem. Wenn wir aufwachten, hatten sie bereits gespeist, selbst ein paar Stunden geschlafen und waren bereit zum Aufbruch. Wie Roboter marschierten sie stets im gleichen Tempo und mit ein paar Metern Abstand hinter uns her. Ich hatte angenommen, der Hinkende würde Schwierigkeiten haben mitzuhalten, aber er zeigte keinerlei Anzeichen von Ermüdung.

Mr. Crepsley und ich taten uns hauptsächlich am heißen Blut von Hirschen oder Rehen gütlich, das salzig und wohlschmeckend war. Zusätzlich hatten wir ein paar Flaschen Menschenblut dabei – Vampire brauchen in regelmäßigen Abständen eine Dosis Menschenblut. Sie trinken zwar lieber direkt aus der Ader, aber sie können das Blut auch in Flaschen abfüllen und aufbewahren. Wir verbrauchten so wenig wie möglich von unserem Vorrat und sparten ihn uns für Notfälle auf.

Mr. Crepsley hatte mir verboten, im Freien Feuer zu machen, damit niemand auf uns aufmerksam wurde, aber in Zwischenstationen war Feuermachen gestattet. Zwischenstationen waren Höhlen oder unterirdische Gänge, in denen für die Reisenden Flaschen mit Menschenblut und Särge bereitstanden. Dort konnten die Vampire ein oder zwei Tage Rast machen. Allerdings lagen diese Zwischenstationen weit voneinander entfernt – es dauerte eine oder zwei Wochen, von einer zur anderen zu gelangen –, auch waren einige von Tieren besetzt oder zerstört worden, seit Mr. Crepsley sie zuletzt aufgesucht hatte.

»Warum sind Zwischenstationen erlaubt, aber

keine Schuhe und Seile?«, fragte ich eines Tages, als wir uns die Füße am Feuer wärmten und uns dabei gebratenes Wildbret schmecken ließen (normalerweise verzehrten wir es roh).

»Die Zwischenstationen wurden vor siebenhundert Jahren nach dem Krieg gegen die Vampyre eingerichtet«, gab mein Meister Auskunft. »In diesem Krieg verloren wir viele unserer Kameraden im Kampf, und fast noch mehr wurden von den Menschen getötet. Unsere Zahl war gefährlich geschrumpft. Die Zwischenstationen sollten die Anreise zum Berg etwas erleichtern. Manche Vampire lehnen es ab, sie zu benutzen, aber die meisten nehmen sie gern in Anspruch.«

»*Wie viele* Vampire nehmen denn an der Versammlung teil?«, erkundigte ich mich neugierig.

»Zwischen zwei- und dreitausend«, antwortete Mr. Crepsley. »Vielleicht ein paar hundert mehr oder weniger.«

Ich pfiff anerkennend durch die Zähne. »Ganz schön viele.«

»Dreitausend ist gar nichts«, schnaubte der Vampir verächtlich. »Denk dran, wie viele Milliarden Menschen es gibt.«

»Es sind jedenfalls mehr, als ich dachte«, meinte ich.

»Früher einmal zählten wir über hunderttausend«, sagte Mr. Crepsley wehmütig. »Aber das ist schon lange her.«

»Was ist mit ihnen passiert?«
»Sie sind tot«, seufzte er. »Menschen mit spitzen Pfählen, Seuchen, Duelle ... Vampire kämpfen nun einmal für ihr Leben gern. In den Jahrhunderten, bevor die Vampyre sich abspalteten und unsere Feinde wurden, haben wir unsere Kräfte untereinander im Zweikampf gemessen, und viele von uns kamen dabei ums Leben. Wir waren fast schon ausgestorben, aber wir sind ein zäher Haufen.«
»Wie viele Obervampire gibt es eigentlich?«, fragte ich weiter.
»Zwischen drei- und vierhundert.«
»Und Vampyre?«
»Etwa zweihundertfünfzig bis dreihundert – das weiß ich nicht so genau.«
Während ich mir diese schon länger zurückliegende Unterhaltung ins Gedächtnis rief, trat der Vampir hinter mir aus der Höhle und betrachtete den Sonnenuntergang. Der glühende Ball hatte die gleiche Farbe wie sein stoppeliges, rotes Haar. Der Vampir war glänzend gelaunt und groß in Form. Je näher wir dem Berg kamen, desto länger wurden die Nächte, und er konnte sich viel freier bewegen als sonst.
»Ich sehe immer gern zu, wenn sie untergeht«, bemerkte er und meinte die Sonne.
»Müsste es nicht allmählich mal schneien?«, fragte ich.

»Das dauert nicht mehr lange«, erwiderte er. »Wir müssten die Schneefelder eigentlich noch diese Woche erreichen.« Kritisch musterte er meine Füße. »Meinst du, du hältst die Kälte aus?«

»Bis hierhin habe ich es doch auch geschafft, oder?«

»Bis hierhin war es ja auch leicht«, schmunzelte er und tätschelte mir ermutigend den Rücken, als er mein entsetztes Gesicht sah. »Mach dir keine Sorgen. Du schaffst das schon. Aber sag mir rechtzeitig Bescheid, wenn deine Fußsohlen wieder aufgesprungen sind. Ab hier gibt es nicht mehr so viele Pflanzen, deren Saft die Poren verschließt.«

Jetzt traten auch die Kleinen Leute aus der Höhle, die Kapuzen tief ins Gesicht gezogen. Der mit dem Hinkebein trug einen toten Fuchs unter dem Arm.

»Kann's weitergehen?«, wandte sich der Vampir an mich.

Ich nickte und warf mir den Rucksack über die Schultern. Mit einem Blick über die felsige Landschaft vor mir stellte ich meine übliche Frage: »Ist es noch weit?«

Mr. Crepsley lächelte, setzte sich in Bewegung und erwiderte über die Schulter: »Nur noch ein kleines Stück.«

Sehnsüchtig warf ich einen letzten Blick auf die vergleichsweise bequeme Höhle, dann riss ich mich los und folgte meinem Meister. Die Kleinen

Leute trotteten hinterher, und nach einer Weile hörte ich, wie sie knackend die Knochen ihrer Beute zermalmten.

Vier Nächte später gerieten wir in den ersten heftigen Schneefall. Eine ganze Weile stapften wir durch eine Wüste aus unberührtem Weiß, in der nichts Lebendiges zu sehen war, aber danach tauchten allmählich wieder Bäume, Pflanzen und Tiere auf.

Auf dem Weg durch das Schneefeld fühlten sich meine Füße wie Eisklumpen an, aber ich biss die Zähne zusammen und marschierte weiter. Am schlimmsten war es, in der Dämmerung aufzustehen, nachdem ich den ganzen Tag mit dicht an den Körper gezogenen Füßen verschlafen hatte. Nach einer Stunde Wandern brannten meine Zehen dermaßen, dass ich dachte, sie würden gleich abfallen. Dann kam das Blut allmählich wieder in Gang, und alles war in Ordnung – bis zur nächsten Nacht.

Unter freiem Himmel zu schlafen war furchtbar ungemütlich. Der Vampir und ich drängten uns in unseren Kleidern, die wir seit der Überquerung der Schneegrenze nicht mehr gewechselt hatten, aneinander und deckten uns mit grob zusammengenähten Hirschfelldecken zu. Aber obwohl wir uns gegenseitig wärmten, war es hundekalt. Madame Octa hatte es gut: Sie schlummerte sicher und geborgen in ihrem Käfig und wachte nur alle paar Tage kurz auf, um etwas zu fressen. Ich wünschte mir oft, ich könnte mit ihr tauschen.

Falls den Kleinen Leuten die Kälte zu schaffen machte, ließen sie es sich jedenfalls nicht anmerken. Sie brauchten keine Decken, sondern legten sich zum Schlafen einfach unter einen Busch oder vor einen schützenden Felsen.

Etwa drei Wochen nach unserer letzten Zwischenstation erreichten wir die nächste. Ich konnte es kaum erwarten, am Feuer zu sitzen und endlich wieder einmal gebratenes Fleisch zu essen. Ich freute mich sogar darauf, in einem Sarg zu schlafen – alles war besser als der harte, kalte Erdboden! Diesmal war die Zwischenstation eine Höhle am Fuß einer Klippe, unter der sich ein breiter Fluss durch ein Wäldchen schlängelte. Mr. Crepsley und ich steuerten geradewegs darauf zu – der Vollmond am klaren Nachthimmel wies uns den Weg –, wohingegen die Kleinen Leute sogleich zur Jagd aufbrachen. Die Kletterpartie dauerte höchstens zehn Minuten. Als wir vor dem Höhleneingang standen, drängelte ich mich ungeduldig vor, um unverzüglich Feuer zu machen, aber der Vampir hielt mich an der Schulter zurück. »Warte«, sagte er leise.

»Wieso?«, fauchte ich. Ich hatte drei Wochen lang schlecht geschlafen und war ziemlich gereizt.

»Es riecht nach Blut«, raunte er.
Ich blieb stehen, hob witternd die Nase, und nach ein paar Sekunden roch ich es auch, stark und süßlich.
»Bleib dicht hinter mir«, flüsterte der Vampir. »Und renn sofort raus, wenn ich es dir sage.« Ich nickte gehorsam und folgte ihm, als er sich jetzt behutsam an die Höhlenöffnung heranpirschte und lautlos hineinschlüpfte.
Nach der mondhellen Nacht kam es mir in der Höhle stockfinster vor, und wir setzten vorsichtig einen Fuß vor den anderen, damit sich unsere Augen an die Dunkelheit gewöhnen konnten. Es war ein geräumiges Gewölbe, das erst ein Stück nach links führte und dann mindestens zwanzig Meter tief in den Fels hineinreichte. In der Mitte des Raumes gab es Podeste für drei Särge, aber einer davon lag mit halb abgerissenem Deckel auf dem Boden, den zweiten hatte jemand an der Wand zu unserer Rechten zertrümmert.
Wand und Boden um den zersplitterten Sarg herum waren dunkel von Blut. Es war nicht mehr frisch, aber dem Geruch nach nicht älter als ein paar Tage. Nachdem Mr. Crepsley sich rasch nach allen Seiten umgesehen und vergewissert hatte, dass wir allein waren, kniete er sich vor die Blutlache, um sie näher zu untersuchen. Er tauchte einen Finger in die angetrocknete Pfütze und leckte daran.

»Und?«, flüsterte ich, als er wieder aufstand und Daumen und Zeigefinger aneinander rieb.
»Es stammt von einem Vampir«, sagte er gedämpft.
Ich spürte einen Stich im Magen. Ich hatte gehofft, dass es sich um Tierblut handelte. »Glauben Sie, dass ...«, setzte ich an, brach jedoch ab, als ich ein schlurfendes Geräusch hinter mir hörte. Ein kräftiger Arm schlang sich um meine Taille, und eine fleischige Hand umklammerte meine Kehle. Mr. Crepsley trat hastig vor, um mir beizustehen – in diesem Augenblick grunzte der Angreifer triumphierend: *»Ha!«*

KAPITEL 4

Ich hing wie gelähmt im Würgegriff des Unbekannten, unfähig, mich zu wehren. Mr. Crepsley machte einen Hechtsprung, die Finger der rechten Hand wie eine Waffe vorgestreckt, und stieß über meinen Kopf hinweg zu. Der Angreifer wandte sich sofort von mir ab, duckte sich und ließ sich dann schwer auf den Boden fallen, so dass Mr. Crepsley über ihn hinwegschnellte. Als mein Meister wieder auf die Füße kam und herumwirbelte, um erneut zuzustoßen, brüllte der Mann, der mich gepackt hatte: »Halt, Larten! Ich bin's – Gavner!«

Mr. Crepsley hielt inne, und ich rappelte mich hoch. Zwar keuchte ich noch immer vor Schreck, aber meine Angst war verflogen.

Als ich mich umdrehte, erblickte ich einen stämmigen Mann mit vernarbtem, fleckigem Gesicht und dunklen Ringen unter den Augen. Er war genauso gekleidet wie wir und hatte die Mütze bis über die Ohren gezogen. Ich erkannte ihn sofort wieder: Es war Gavner Purl, ein Obervampir. Vor einigen Jahren, kurz vor meinem Zusammenstoß mit Murlough, war ich ihm schon einmal begegnet.

»Gavner, du verfluchter Schwachkopf!«, rief mein Meister aus. »Ich hätte dich beinahe umgebracht! Wieso hast du dich angeschlichen?«

»Ich wollte euch überraschen«, erklärte Gavner stolz. »Ich bin euch schon die halbe Nacht heimlich gefolgt, und jetzt schien mir der richtige Zeitpunkt zu sein, mich bemerkbar zu machen. Ich hatte natürlich nicht damit gerechnet, dabei fast aufgeschlitzt zu werden«, schloss er brummelnd.

»Du hättest dich lieber hier drinnen umsehen sollen, statt dich nur auf Darren und mich zu konzentrieren«, sagte Mr. Crepsley tadelnd und wies auf die Blutflecken an der Wand und auf dem Boden.

»Beim Blut der Vampyre!«, zischte Gavner.

»Allerdings handelt es sich um Vampirblut«, berichtigte mein Meister ihn sachlich.

»Hast du eine Ahnung, von wem es stammt?«, fragte Gavner und bückte sich, um die Lache zu untersuchen.

Mr. Crepsley verneinte.

Der Obervampir schlenderte zu dem zertrümmerten Sarg hinüber und musterte ihn von allen Seiten. Als er keinerlei Hinweise auf den Verursacher fand, kehrte er zu uns zurück und kratzte sich nachdenklich am Kinn. »Bestimmt hat ein wildes Tier ihn bei Tag angegriffen, als er gerade

schlief«, überlegte er laut. »Wahrscheinlich ein Bär, oder sogar mehrere.«
»Da bin ich mir nicht so sicher«, widersprach Mr. Crepsley. »Ein Bär hätte die gesamte Höhle verwüstet, nicht nur die beiden Särge.«
Gavner ließ seinen Blick noch einmal durch das Gewölbe schweifen, bemerkte, dass alles andere unversehrt war, und nickte zustimmend. »Was glaubst du denn, was vorgefallen ist?«
»Ein Kampf«, sagte Mr. Crepsley. »Entweder zwischen zwei Vampiren oder zwischen dem getöteten Vampir und jemand anderem.«
»Wer außer uns sollte sich in diese gottverlassene Gegend verirren?«, gab ich zu bedenken.
Mr. Crepsley und Gavner wechselten einen viel sagenden Blick. »Vampirjäger vielleicht«, murmelte Gavner.
Ich schnappte nach Luft. Nach all den Jahren in Gesellschaft des Vampirs hatte ich ganz vergessen, dass es Leute gab, die uns für blutrünstige Monster hielten und es sich zur Aufgabe gemacht hatten, uns zur Strecke zu bringen und zu töten.
»Vielleicht waren es aber auch Menschen, die ihn hier zufällig aufgestöbert haben und dann in Panik geraten sind«, fuhr Mr. Crepsley fort. »Es ist lange her, seit uns Vampirjäger zuletzt gezielt nachgestellt haben. Vielleicht war es nur ein unglücklicher Zufall.«
»Wie dem auch sei«, sagte Gavner, »ich habe kei-

ne Lust, hier herumzustehen, bis es noch mal passiert. Eigentlich wollte ich mich in dieser Zwischenstation ein wenig ausruhen, aber ich glaube, wir sollten lieber das Weite suchen.«
»Einverstanden«, nickte Mr. Crepsley, und nach einem letzten Blick verließen wir die Höhle, die Ohren gespitzt und jeden Moment auf einen Überfall gefasst.

Wir schlugen unser Lager auf einer von mächtigen Bäumen umstandenen Lichtung auf und machten ausnahmsweise draußen Feuer, weil der Gedanke an die Höhle uns immer noch kalte Schauer über den Rücken jagte. Als wir gerade beratschlagten, wo wohl die Leiche des getöteten Vampirs geblieben war und ob wir die Umgebung danach absuchen sollten, kamen die Kleinen Leute mit einem erbeuteten Rehkitz von der Jagd zurück. Sie starrten Gavner misstrauisch an, und er erwiderte ihren Blick ebenso misstrauisch.
»Was machen *die* denn hier?«, zischte er.
»Meister Schick hat darauf bestanden, dass sie uns begleiten«, erwiderte Mr. Crepsley und hob abwehrend die Hand, als Gavner zu weiteren Fragen ansetzte. »Später«, versprach er. »Lasst uns erst etwas essen und unseres toten Kameraden gedenken.«
Die Bäume schützten uns vor der aufgehenden Sonne, so dass wir bis lange nach Tagesanbruch

am Feuer saßen und über den Toten sprachen. Die beiden Vampire entschieden sich schließlich gegen die Suche nach der Leiche. Wir konnten sowieso nichts mehr für das bedauernswerte Opfer tun, außerdem hätte es uns zu lange aufgehalten. So wandte sich die Unterhaltung schließlich anderen Themen zu. Gavner erkundigte sich noch einmal nach den Kleinen Leuten, und Mr. Crepsley erklärte ihm, dass Meister Schick ihn zu sich beordert und uns die beiden aufgedrängt hatte. Dann fragte er seinerseits Gavner, warum dieser uns heimlich gefolgt war.

»Ich wusste, dass du vorhast, Darren den Oberen vorzustellen«, erklärte Gavner, »deshalb habe ich mich auf die Schwingungen deiner Aura eingestellt und dich ausfindig gemacht.« (Vampire können sich durch eine Art Gedankenübertragung miteinander verständigen.) »Ich war zwar gerade hundertfünfzig Kilometer weiter südlich, aber ich reise nicht gern allein. Es ist langweilig, wenn man sich mit niemandem unterhalten kann.«

Im Lauf des Gesprächs fiel mir auf, dass an Gavners linkem Fuß zwei Zehen fehlten, und ich fragte ihn nach dem Grund. »Abgefroren«, entgegnete er fröhlich und wackelte mit den drei verbliebenen Zehen. »Auf dem Weg zu einem früheren Konzil habe ich mir mal das Bein gebrochen. Ich bin fünf Nächte lang auf allen vieren gekrochen, bis ich die nächste Zwischenstation erreicht hatte.

Es war reines Vampirglück, dass ich dabei nur ein paar Zehen eingebüßt habe.«
Die beiden Vampire plauderten noch lange über alte Zeiten, gemeinsame Bekannte und zurückliegende Konzile. Ich wartete darauf, dass einer von ihnen Murlough zur Sprache brachte – schließlich war es Gavner gewesen, der seinerzeit Mr. Crepsley auf den geisteskranken Vampyr aufmerksam gemacht hatte – aber sie erwähnten ihn mit keiner Silbe.
»Und wie ist es *dir* inzwischen so ergangen?«, wandte sich Gavner an mich.
»Ganz gut«, sagte ich.
»Hat dir das Zusammensein mit diesem alten Griesgram nicht die Laune vermiest?«
»Hab mich dran gewöhnt«, erwiderte ich grinsend.
»Irgendwelche Karrierepläne?«
»Wie bitte?«
Er hob die Hand und hielt mir seine vernarbten Fingerkuppen, das Erkennungszeichen der Vampire, unter die Nase. »Hast du vor, demnächst ein richtiger Vampir zu werden?«
»Nein«, erwiderte ich hastig und blickte meinen Meister Hilfe suchend an. »Stimmt doch, oder?«, vergewisserte ich mich ängstlich.
»Ja«, schmunzelte Mr. Crepsley. »Jedenfalls solange du noch minderjährig bist. Wenn wir dich jetzt schon zum vollwertigen Vampir machen

würden, wärst du erst in sechzig oder siebzig Jahren erwachsen.«

»Wenn man noch so jung ist wie du, ärgert man sich bestimmt schrecklich darüber, dass man sich äußerlich so langsam verändert«, warf Gavner ein.

»Allerdings«, seufzte ich.

»Das gibt sich mit der Zeit«, tröstete mich mein Meister.

»Klar«, sagte ich sarkastisch. »Wenn ich erst mal ausgewachsen bin, in dreißig Jahren oder so.« Ich stand auf und schüttelte genervt den Kopf. Jedes Mal, wenn ich an die Jahrzehnte dachte, die ich äußerlich noch ein Kind bleiben musste, wurde ich ganz deprimiert.

»Wo willst du hin?«, erkundigte sich Mr. Crepsley, als ich mich in Richtung Wald in Bewegung setzte.

»Zum Fluss, um die Feldflaschen aufzufüllen«, erwiderte ich.

»Vielleicht ist es besser, wenn einer von uns mitgeht«, meinte Gavner.

»Darren ist kein kleines Kind mehr«, kam mir Mr. Crepsley zuvor. »Er braucht keinen Aufpasser.«

Ich verkniff mir ein zufriedenes Grinsen, denn der Vampir lobte mich nur selten, und kletterte die Uferböschung hinunter. Das Wasser sprudelte mit reißender Strömung dahin. Es gurgelte laut, als ich die Flaschen füllte, und eiskalte Tropfen spritzten auf die Flaschenhälse und meine Finger.

Wäre ich ein Mensch gewesen, hätte ich leicht Erfrierungen davontragen können, aber Vampire sind da unempfindlicher.
Während ich die zweite Feldflasche zukorkte, bemerkte ich aus dem Augenwinkel eine kleine, dampfende Atemwolke am gegenüberliegenden Ufer. Überrascht, dass ein wildes Tier sich so dicht an mich heranwagte, blickte ich hoch und starrte in die glühenden Augen eines zottigen Wolfes, der hungrig die scharfen Fänge bleckte.

KAPITEL 5

Der Wolf rührte sich nicht und musterte mich prüfend. Mit bebenden Lefzen, die seine Reißzähne entblößten, nahm er meine Witterung auf. Ich legte die Flasche im Zeitlupentempo auf den Boden und überlegte, was ich jetzt machen sollte. Wenn ich um Hilfe rief, bekam der Wolf vielleicht Angst und lief davon – oder aber er ging zum Angriff über. Wenn ich mich dagegen ruhig verhielt, verlor er womöglich das Interesse und trollte sich – oder er fasste es als Zeichen von Schwäche auf und betrachtete mich als leichte Beute.

Ich schwankte noch immer zwischen beiden Möglichkeiten, als der Wolf plötzlich die Hinterläufe anspannte und den Kopf senkte. Mit einem einzigen Satz sprang er über den breiten Fluss, prallte gegen meine Brust und riss mich zu Boden. Ich wollte mich zur Seite rollen, aber das Untier hockte direkt auf mir drauf, und es war so schwer, dass ich es nicht abschütteln konnte. Fieberhaft tastete ich nach einem Stein, einem Ast oder sonst irgendeiner Waffe, aber meine Finger bohrten sich nur in kalten Schnee.

Aus der Nähe sah der Wolf noch bedrohlicher aus: Er hatte einen grauen Kopf, gelbe, leicht schräg stehende Augen, eine schwarze Schnauze und weiße Zähne, von denen manche bestimmt fünf oder sechs Zentimeter lang waren. Die Zunge hing ihm seitlich aus dem Maul, er hechelte stoßweise. Sein Atem stank nach Blut und rohem Fleisch.
Ich wusste nichts über Wölfe, abgesehen davon, dass Vampire ihr Blut nicht vertragen, und deshalb hatte ich keine Ahnung, wie ich reagieren sollte: War es besser, ihn am Kopf anzugreifen oder am Körper? Sollte ich lieber still liegen und hoffen, dass er sich davonmachte, oder ihn durch lautes Geschrei verscheuchen? Mein Gehirn arbeitete fieberhaft, aber da senkte der Wolf plötzlich den Kopf, streckte die lange, nasse Zunge heraus und ... *leckte mir über das Gesicht!*
Ich war so baff, dass ich stocksteif liegen blieb und in den Rachen des Untiers starrte. Der Wolf schleckte mich noch einmal ab, sprang dann von mir herunter, ließ sich am Flussufer nieder und schlabberte Wasser. Ich blieb noch ein paar Sekunden regungslos liegen, setzte mich dann auf und sah ihm beim Trinken zu. Jetzt erkannte ich auch, dass es ein männliches Tier war.
Als der Wolf genug getrunken hatte, legte er den Kopf in den Nacken und heulte. Zwischen den Bäumen am gegenüberliegenden Ufer traten drei

weitere Wölfe hervor und näherten sich dem Fluss, um ihren Durst zu löschen. Zwei davon waren Weibchen, der dritte noch ein Welpe, dunkler und kleiner als seine Gefährten.
Der Rüde beobachtete seine Artgenossen einen Augenblick lang beim Trinken und legte sich dann neben mir nieder. Er schmiegte sich an mich wie ein Hund, und ohne nachzudenken streckte ich die Hand aus und kraulte ihn hinter dem Ohr. Er winselte wohlig und drehte den Kopf, damit ich auch an das andere Ohr herankam.
Das eine Weibchen hatte fertig getrunken und sprang über den Fluss. Erst nachdem sie misstrauisch meine Füße beschnüffelt hatte, ließ sie sich auf meiner anderen Seite nieder und hielt mir ebenfalls den Kopf zum Kraulen hin. Der Rüde knurrte eifersüchtig, aber sie ignorierte ihn einfach.
Es dauerte nicht lange, bis auch die anderen beiden sich zu uns gesellten. Das zweite Weibchen war scheuer als ihre Gefährten und blieb unschlüssig mehrere Meter von mir entfernt stehen. Das Jungtier dagegen war völlig furchtlos. Es krabbelte über meine Beine und meinen Bauch und beschnüffelte mich so ausgiebig wie ein Jagdhund. Es hob sogar das Bein, um seine Duftmarke auf meinem linken Oberschenkel zu hinterlassen, aber der Rüde schnappte nach ihm, so dass es vor Schreck einen Purzelbaum schlug. Es bellte zwar

ärgerlich, ließ aber von seinem Vorhaben ab und kletterte abermals auf mir herum, wobei es diesmal erfreulicherweise darauf verzichtete, sein Revier zu markieren!
Ich vergaß völlig die Zeit, während ich mit dem Welpen spielte und die beiden ausgewachsenen Tiere streichelte. Der Rüde rollte sich sogar auf den Rücken, damit ich ihm den Bauch kraulen konnte. Auf der Unterseite hatte er helleres Fell, abgesehen von einem schwarzen, wie ein Blitzstrahl gezackten Streifen, der sich über seinen halben Bauch zog und mich auf die Idee brachte, ihn »Blitz« zu taufen, denn ich fand, das war ein guter Name für einen Wolf.
Ich wollte feststellen, ob Wölfe wie Hunde gehorchten, nahm einen Stock und warf ihn. »Hol ihn, Blitz, hol ihn!«, rief ich, aber der Rüde rührte sich nicht von der Stelle. Dann versuchte ich, ihn zum Sitzen zu bewegen. »Mach Platz, Blitz!«, befahl ich. Er starrte mich verständnislos an. »Mach Platz – so.« Ich hockte mich wie ein Hund hin. Blitz wich misstrauisch ein Stück zurück, als sei ich plötzlich übergeschnappt. Das Junge dagegen fasste meine kleine Vorführung als Einladung zum Spielen auf und sprang mir auf den Rücken. Ich musste lachen und sah von weiteren Dressurversuchen ab.
Schließlich stand ich auf und schlug den Weg zum Lagerplatz ein, um den Vampiren von meinen

neuen Freunden zu erzählen. Die Wölfe folgten mir, aber nur Blitz trottete an meiner Seite, die übrigen hielten Abstand.
Als ich im Lager ankam, schliefen Mr. Crepsley und der lautstark schnarchende Gavner schon unter den dicken Felldecken, aus denen nur noch ihre Köpfe herausguckten. Sie sahen aus wie zwei besonders hässliche Riesenbabys! Leider kann man Vampire nicht fotografieren, sonst hätte ich diesen Anblick gern festgehalten.
Ich wollte gerade zu ihnen unter die Decken schlüpfen, als ich eine Idee hatte. Die Wölfe hatten am Rand der Lichtung zwischen den Bäumen Halt gemacht. Ich lockte sie heran. Blitz traute sich als Erster und beschnüffelte sorgfältig den Lagerplatz. Als er sich davon überzeugt hatte, dass alles in Ordnung war, knurrte er leise, woraufhin seine Gefährten herbeitrabten, um die schlafenden Vampire allerdings einen großen Bogen machten.
Ich legte mich auf die andere Seite des Feuers und lüftete einladend meine Decke, aber die Wölfe weigerten sich drunterzukriechen. Das Jungtier machte zwar Anstalten, aber seine Mutter zog es am Nackenfell zurück. Schließlich ließ ich mich zurücksinken und deckte mich zu; jetzt erst kamen die Wölfe herbei und legten sich auf mich, sogar das scheue Weibchen. Sie waren ganz schön schwer, und ihr Fell roch ziemlich streng, aber sie

waren herrlich warm, und obwohl wir uns unweit einer Höhle befanden, in der vor kurzem ein Vampir gewaltsam ums Leben gekommen war, fühlte ich mich so sicher wie in Abrahams Schoß.

Wütendes Knurren riss mich aus dem Schlaf. Ich fuhr senkrecht in die Höhe und sah, dass die drei ausgewachsenen Wölfe sich im Halbkreis um meinen Schlafplatz aufgebaut hatten, mit dem Rüden in der Mitte. Das Junge kauerte hinter meinem Rücken. Vor uns standen die beiden Kleinen Leute. Ihre grauen Hände zuckten, und sie gingen langsam auf die Tiere zu.

»Halt!«, schrie ich und sprang auf. Auf der anderen Seite des Feuers, das inzwischen heruntergebrannt war, erwachten Mr. Crepsley und Gavner und wühlten sich unter ihren Decken hervor. Ich stellte mich schützend vor Blitz und stieß ein drohendes Zischen aus. Die Kleinen Leute starrten mich aus der Tiefe ihrer blauen Kapuzen an. Für den Bruchteil einer Sekunde erspähte ich die großen grünen Augen desjenigen, der mir am nächsten stand.

»Was ist denn hier los?«, rief Gavner und blinzelte verschlafen.

Der Kleine Kerl kümmerte sich nicht um ihn, sondern zeigte erst auf die Wölfe, dann auf seinen Magen und rieb sich den Bauch. Das war sein Zeichen für Hunger. Ich schüttelte den Kopf. »Nicht

die Wölfe«, erklärte ich. »Sie sind meine Freunde.« Unbeirrt wiederholte er die kreisenden Handbewegungen. »Nein!«, brüllte ich.
Der Kleine Kerl machte einen Schritt auf mich zu, aber der andere hinter ihm – der, den ich insgeheim Lefty getauft hatte – streckte die Hand aus und hielt ihn am Arm zurück. Der erste zögerte, schlurfte dann aber zu einem Haufen toter Ratten hinüber, offenbar die Ausbeute der letzten Jagd. Lefty stand einen Moment lang unschlüssig da und sah mich aus dem Schatten seiner Kapuze mit grünen Augen an, dann gesellte er sich zu seinem Bruder (irgendwie kamen sie mir immer wie Brüder vor).
»Wie ich sehe, hast du unsere Verwandten getroffen«, begrüßte mich Mr. Crepsley und kam langsam durch die erkaltete Feuerstelle zu mir herüber, wobei er die Hände mit nach oben gerichteten Handflächen ausstreckte, um die Wölfe von seinen friedlichen Absichten zu überzeugen. Sie knurrten ihn zwar an, aber als sie seinen Geruch erschnupperten, beruhigten sie sich und legten sich wieder hin. Die mit vollen Backen kauenden Kleinen Leute ließen sie dabei allerdings nicht aus den Augen.
»*Verwandte?*«, wiederholte ich erstaunt.
»Wölfe und Vampire stammen voneinander ab«, erläuterte mein Lehrmeister. »Die Legende besagt, dass wir denselben Ursprung haben, so ähn-

lich wie Menschen und Affen. Einige von uns lernten, auf zwei Beinen zu gehen, und wurden Vampire, die Übrigen blieben Wölfe.«

»Stimmt das?«, fragte ich.

Mr. Crepsley zuckte die Achseln. »Das weiß man bei diesen uralten Überlieferungen nie so ganz genau.« Er ging vor Blitz in die Hocke und betrachtete ihn schweigend. Das Tier setzte sich kerzengerade auf, sträubte das Fell und spitzte die Ohren. »Ein prächtiges Exemplar«, sagte der Vampir anerkennend und streichelte die lang gestreckte Schnauze des Wolfes. »Ein geborener Anführer.«

»Ich nenne ihn Blitz, weil er einen gezackten Streifen auf dem Bauch hat«, erklärte ich.

»Wölfe brauchen keine Namen«, verwies mich der Vampir streng. »Sie sind schließlich keine Hunde.«

»Sei kein Spielverderber«, mischte sich jetzt Gavner ein und trat neben seinen Freund. »Soll er ihnen doch Namen geben, wenn es ihm Spaß macht. Es schadet ja nichts.«

»Vermutlich nicht«, gab Mr. Crepsley zu. Er hielt den beiden Weibchen die Hand hin, und sie schleckten sie ab, auch die scheuere der beiden. »Ich hatte schon immer ein Händchen für Wölfe«, bemerkte mein Meister nicht ohne Stolz.

»Wieso sind sie so zutraulich?«, fragte ich. »Ich dachte immer, Wölfe fürchten sich vor Menschen.«

»Vor Menschen schon«, bestätigte Mr. Crepsley. »Aber bei Vampiren ist das etwas anderes. Wir haben einen ähnlichen Geruch wie sie. Sie spüren, dass wir Blutsverwandte sind. Nicht alle Wölfe sind so zutraulich – diese hier müssen früher schon Vampiren begegnet sein –, aber kein Wolf würde jemals einen Vampir angreifen, es sei denn, er steht kurz vor dem Verhungern.«

»Hast du noch mehr von ihnen gesehen?«, erkundigte sich Gavner. Ich schüttelte den Kopf. »Dann sind die hier bestimmt ebenfalls auf dem Weg zum Berg, um sich dort mit anderen Rudeln zu treffen.«

»Was haben sie denn ausgerechnet auf dem Berg der Vampire zu suchen?«, wunderte ich mich.

»Die Wölfe versammeln sich bei jedem Konzil dort«, erklärte mein Meister. »Sie wissen aus Erfahrung, dass dort jede Menge Leckerbissen zu holen sind. Die Wächter des Berges horten riesige Vorräte. Da bleibt immer etwas für die wilden Tiere übrig.«

»Ist das nicht ein ziemlich langer Weg, nur für ein paar Abfälle?«

»Den Wölfen geht es nicht nur ums Fressen«, erläuterte Mr. Crepsley. »Sie suchen Gesellschaft, begrüßen alte Freunde, finden neue Gefährten und schwelgen in Erinnerungen.«

»Können sich Wölfe denn miteinander verständigen?«

»Sie können einander einfache Gedanken übermitteln. Sie reden nicht wirklich miteinander – jedenfalls nicht mit Worten –, aber sie tauschen Bilder und Landkarten ihrer Streifzüge aus und teilen einander mit, wo sich die Jagd lohnt und wo nicht.«

»Apropos Streifzüge: Die Sonne geht schon unter. Wir sollten allmählich weiterwandern«, unterbrach ihn Gavner. »Du hast dir eine lange, umständliche Reiseroute ausgesucht, Larten. Wenn wir uns nicht beeilen, kommen wir zu spät.«

»Gibt es denn noch einen anderen Weg zum Konzil?«, fragte ich.

»Natürlich«, antwortete Gavner. »Es gibt Dutzende von Möglichkeiten. Deshalb sind wir ja bis jetzt auch noch keinem Vampir begegnet, von dem Toten einmal abgesehen. Jeder kommt aus einer anderen Richtung.«

Wir rollten unsere Decken zusammen und verließen die Lichtung. Mr. Crepsley und Gavner hielten immer noch nach Hinweisen auf den Mörder unseres getöteten Kameraden Ausschau. Die Wölfe trabten ein paar Stunden lang neben uns her, wobei sie sich tunlichst außer Reichweite der Kleinen Leute hielten, doch dann verschwanden sie vor uns in der Nacht.

»Wo laufen sie denn hin?«, fragte ich.

»Sie gehen auf die Jagd«, erwiderte mein Meister.

»Kommen sie zurück?«

»Das würde mich nicht wundern«, sagte er, und richtig: Bei Tagesanbruch tauchten die vier Wölfe wie Geister aus der Schneelandschaft auf und machten es sich neben und auf uns zum Schlafen bequem. So schlummerte ich auch am zweiten Tag dieser Reiseetappe tief und fest und wurde nur einmal von der kalten Schnauze des Welpen geweckt, der gegen Mittag unter meine Decke kroch und sich an mich kuschelte.

KAPITEL 6

In den ersten Nächten nach der blutigen Entdeckung in der Höhle waren wir besonders vorsichtig, aber als wir keinerlei Spuren des Vampirjägers fanden, verdrängten wir unsere Befürchtungen und versuchten die anstrengende Wanderung trotz allem zu genießen.

Die Wölfe faszinierten mich. Ich lernte viel, indem ich sie beobachtete und Mr. Crepsley, der sich für einen Experten hielt, mit Fragen bombardierte.

Wölfe sind keine besonders schnellen, aber sehr ausdauernde Läufer und können bis zu vierzig oder fünfzig Kilometer am Tag zurücklegen. Ihre Jagdbeute besteht meist aus kleineren Tieren, aber ab und zu schließen sie sich auch zusammen und kreisen ein größeres Wild ein. Sie haben sehr empfindliche Sinnesorgane: scharfe Augen und Ohren und einen extrem guten Geruchssinn. Jedes Rudel hat einen Anführer, die Beute wird unter allen Tieren geteilt. Außerdem können sie hervorragend klettern und sich auch erschwerten Lebensbedingungen anpassen.

Wir gingen oft gemeinsam mit ihnen auf die Jagd. Es machte einen Riesenspaß, an ihrer Seite durch die sternklare Nacht über die glitzernde Schneedecke zu rennen, ein Reh oder einen Fuchs zu Tode zu hetzen und sich anschließend die noch warme, blutige Beute zu teilen. So verging die Zeit wie im Flug, und ich merkte kaum, wie viele Kilometer wir zurücklegten.

In einer kalten, klaren Nacht erreichten wir ein Tal zwischen zwei hoch aufragenden Bergen, das mit dichtem Dornengestrüpp bewachsen war. Die Dornen waren ungewöhnlich groß und spitz und selbst für die Fußsohlen eines richtigen Vampirs gefährlich. Wir rasteten am Eingang des Tales, und Mr. Crepsley und Gavner hielten Kriegsrat.

»Wir könnten an den Felswänden entlangklettern«, überlegte Mr. Crepsley laut, »aber Darren ist kein so geübter Bergsteiger wie wir beide. Er könnte abstürzen und sich verletzen.«

»Und wenn wir einfach außen herumgehen?«, schlug Gavner vor.

»Das kostet zu viel Zeit.«

»Wir könnten doch einen Tunnel graben«, meinte ich.

»Das dauert ebenfalls zu lange. Es hilft nichts: Wir müssen uns so vorsichtig wie möglich einen Weg durch das Dickicht bahnen.«

Mr. Crepsley streifte seinen Pullover über den Kopf, und Gavner tat dasselbe.
»Wieso ziehen Sie sich aus?«, fragte ich überrascht.
»Die Kleider schützen uns zwar vor den Dornen«, erklärte Gavner, »aber hinterher wären sie völlig zerfetzt. Es ist besser, wenn sie heil bleiben.«
Als der Obervampir aus seiner Hose schlüpfte, kamen gelbe Boxershorts zum Vorschein, die mit rosa Elefanten bestickt waren. Mr. Crepsley fielen fast die Augen aus dem Kopf. »Ein Geschenk«, murmelte Gavner verlegen und wurde knallrot.
»Von einer deiner Verehrerinnen aus der Menschenwelt, nehme ich an«, sagte mein Meister, und seine normalerweise schmalen, zusammengepressten Lippen verzogen sich unwillkürlich zu einem Lächeln.
»Sie war eine wunderbare Frau«, seufzte Gavner und fuhr mit dem Finger den Umriss eines Elefanten nach. »Nur was Unterwäsche angeht, hatte sie leider keinen Geschmack ...«
»Was ihre Liebhaber angeht, offenbar auch nicht«, setzte ich frech hinzu. Über diese Bemerkung musste Mr. Crepsley so lachen, dass er sich den Bauch hielt und ihm Tränen über das Gesicht liefen. Noch nie hatte ich den Vampir so ausgelassen erlebt – ich hatte immer angenommen, er sei total humorlos! Sogar Gavner sah verdutzt aus.

Es dauerte ziemlich lange, bis Mr. Crepsley sich von seinem Heiterkeitsausbruch erholt hatte. Schließlich wischte er sich die Tränen ab, setzte seine gewohnte ernste Miene auf und entschuldigte sich – als wäre Lachen ein Verbrechen. Dann rieb er mich am ganzen Körper mit einer stinkenden Flüssigkeit ein, die meine Poren versiegeln und die Haut unempfindlich machen sollte, und los ging's. Wir kamen nur langsam voran, und es war trotz Mr. Crepsleys Vorbeugungsmaßnahmen eine ziemlich schmerzhafte Angelegenheit. Wie sehr ich auch aufpasste – alle paar Meter trat ich in einen Dorn oder zog mir eine Schramme zu. Ich schützte mein Gesicht so gut es ging, aber schon auf halber Strecke waren meine Wangen mit blutigen Kratzern übersät.

Die Kleinen Leute hatten ihre blauen Kapuzenkutten anbehalten und scherten sich nicht darum, ob der Stoff aufgeschlitzt wurde. Nach einer Weile befahl Mr. Crepsley ihnen vorauszugehen. Auf diese Weise bekamen sie das meiste ab, während sie uns den Weg bahnten. Sie gehorchten schweigend und beschwerten sich nicht. Fast taten sie mir Leid.

Für die Wölfe war es noch am einfachsten. Sie waren von der Natur für unwegsames Gelände ausgerüstet und wanden sich leichtfüßig zwischen den Büschen hindurch. Aber irgendetwas stimmte mit ihnen nicht. Schon die ganze Nacht trotteten sie bedrückt neben uns her und hoben immer wieder misstrauisch witternd die Köpfe. Wir spürten ihre Angst, konnten sie uns aber nicht erklären.

Ich konzentrierte mich ganz auf meine Füße und machte gerade einen großen Schritt über eine besonders dornige Stelle, als ich plötzlich gegen Mr. Crepsley prallte, der unvermittelt stehen geblieben war. »Was ist los?«, fragte ich und spähte über seine Schulter.

»Gavner«, zischte er, ohne mich zu beachten.

Der Obervampir, den wir oft wegen seiner Kurzatmigkeit aufzogen, schob sich schnaufend an mir vorbei. Als er neben Mr. Crepsley stand, unterdrückte er einen Aufschrei.

»Was ist denn?«, wiederholte ich. »Lassen Sie mich durch.«

Die Vampire machten Platz, und ich erblickte ein kleines Stück Stoff, das sich im Gebüsch verfangen hatte. An den Dornen klebten noch ein paar angetrocknete Blutstropfen.

»Na und?«, fragte ich.

Die Vampire antworteten nicht sofort, sondern sahen sich beunruhigt nach allen Seiten um, genau wie die Wölfe.

»Riechst du es denn nicht?«, flüsterte Gavner.

»Was denn?«

»Das Blut.«

Ich schnupperte, nahm aber nur einen schwachen

Geruch wahr, weil das Blut nicht mehr frisch war. »Was ist damit?«

»Weißt du nicht mehr? Vor sechs Jahren?«, sagte Mr. Crepsley. Behutsam löste er das Stoffstück aus den Dornen und hielt es mir unter die Nase. Die Wölfe knurrten inzwischen deutlich lauter. »Atme tief ein. Fällt der Groschen endlich?«

Es klingelte nicht sofort, denn meine Sinne waren nicht so untrüglich wie die eines richtigen Vampirs, aber dann erinnerte ich mich an jene inzwischen sechs Jahre zurückliegende Nacht in Debbies Schlafzimmer und den Geruch von Murloughs Blut, als der Wahnsinnige sterbend auf dem Boden lag. Ein eisiger Schreck durchfuhr mich: Das Blut auf dem Stofffetzen stammte von einem *Vampyr!*

KAPITEL 7

Den Rest des Tales durchquerten wir im Eiltempo, ohne auf die spitzen Dornen zu achten. Am anderen Ende blieben wir kurz stehen, um uns wieder anzuziehen, dann hasteten wir ohne Pause weiter. Die nächste Zwischenstation war nicht mehr weit entfernt, und Mr. Crepsley wollte noch vor Tagesanbruch dort eintreffen. In unserem üblichen Tempo hätte der Weg bestimmt vier oder fünf Stunden gedauert, aber wir brauchten nur zwei. Kaum hatten wir die Höhle betreten und waren in Sicherheit, entspann sich zwischen den beiden Vampiren eine hitzige Diskussion. In diesem verlassenen Winkel der Erde waren noch nie zuvor Vampyre gesichtet worden. Die Vampire hatten mit ihren blutrünstigen Verwandten ein Abkommen getroffen, das derartige Grenzüberschreitungen verbot.

»Vielleicht ist es ein Verrückter, der sich verirrt hat«, meinte Gavner.

»Nicht einmal ein völlig verwirrter Vampyr würde sich in diese Gegend wagen«, widersprach Mr. Crepsley.

»Hast du eine bessere Erklärung?«

Mein Lehrmeister dachte nach. »Er könnte ja ein Spion sein.«

»Glaubst du wirklich, die Vampyre lassen es auf einen neuen Krieg ankommen?«, fragte Gavner zweifelnd. »Was könnte sie so brennend interessieren, dass sie ein solches Risiko eingehen würden?«

»Vielleicht suchen sie *uns*«, sagte ich leise. Ich wollte die beiden Freunde nicht unterbrechen, aber ich musste es einfach aussprechen.

Gavner wandte sich zu mir um. »Wie meinst du das?«

»Vielleicht haben sie Wind von der Sache mit Murlough bekommen.«

Gavner erbleichte, und Mr. Crepsleys Augen wurden schmal. »Wie denn?«, fauchte er.

»Meister Schick hat es schließlich auch irgendwie herausgekriegt«, erinnerte ich ihn.

»Meister Schick weiß über Murlough Bescheid?«, zischte Gavner.

Mr. Crepsley nickte langsam. »Aber selbst wenn er es den Vampyren verraten hätte, woher sollten sie wissen, dass wir ausgerechnet *diese* Route gewählt haben? Es gibt Dutzende von Wegen. Vampyre sind schließlich keine Hellseher.«

»Vielleicht überwachen sie ja die ganze Gegend«, meinte Gavner.

»Nein«, erwiderte mein Meister fest. »Das ist alles

viel zu weit hergeholt. Was auch immer diesen Vampyr hierher verschlagen hat, ich bin überzeugt, dass es nichts mit *uns* zu tun hat.«

»Hoffentlich hast du Recht«, brummte Gavner.

Wir diskutierten noch eine Weile, besonders über die Frage, ob vielleicht der Vampyr unseren Kameraden in der vorigen Zwischenstation auf dem Gewissen hatte, aber dann versuchten wir ein paar Stunden zu schlafen, wobei wir abwechselnd Wache hielten. Ich traute mich kaum, die Augen zu schließen, weil ich mir dauernd vorstellte, eine Bande mordlustiger Vampyre mit purpurroten Gesichtern sei mir auf den Fersen.

Als es dunkel geworden war, schlug Mr. Crepsley vor, uns vor dem Aufbruch noch einmal zu vergewissern, dass uns niemand auflauerte. »Wir können nicht riskieren, einer Horde Vampyre in die Arme zu laufen«, sagte er. »Bevor wir weitermarschieren, sollten wir die nähere Umgebung auskundschaften, um jede Gefahr auszuschließen.«

»Haben wir denn Zeit dazu?«, fragte Gavner.

»Wir müssen uns die Zeit eben nehmen«, beharrte Mr. Crepsley. »Lieber verlieren wir ein paar Nächte, als blindlings in eine Falle zu tappen.«

Während sie sich draußen umsahen, blieb ich in der Höhle. Das behagte mir zwar nicht, denn ich musste immer daran denken, was jenem unbekannten Vampir zugestoßen war, aber die beiden Freunde meinten, draußen sei ich ihnen nur hinderlich. Ein Vampyr würde mich schon aus hundert Metern Entfernung hören.

Die Kleinen Leute, die Wölfinnen und das Jungtier blieben bei mir. Nur Blitz begleitete die Vampire. Schließlich hatten die Wölfe den Vampyr zuerst gewittert, und Blitz konnte ihnen als Spürhund dienen.

Ohne die Vampire und Blitz fühlte ich mich einsam. Die Kleinen Leute waren so zurückhaltend wie immer. Sie vertrieben sich die Zeit damit, ihre blauen Kutten zu flicken, und die Wölfinnen nutzten die Gelegenheit zu einem Nickerchen.

Nur der Welpe leistete mir richtig Gesellschaft. Wir spielten stundenlang miteinander, erst in der Höhle, dann im nahen Wald. Ich nannte ihn Rudi, nach Rudolf, dem kleinen Rentier mit der roten Nase, weil er mir mit Vorliebe seine kalte Schnauze in den Rücken stupste, wenn ich schlief.

Im Wald fing ich ein paar Eichhörnchen und briet sie, damit die Vampire etwas zu essen vorfanden, wenn sie gegen Morgen zurückkehrten. Dazu servierte ich heiße Beeren und Wurzeln (Mr. Crepsley hatte mich gelehrt, welche wild wachsenden Pflanzen essbar waren). Gavner bedankte sich für das Mahl, aber Mr. Crepsley schien in Gedanken ganz woanders zu sein und war ziemlich schweigsam. Sie hatten keine weiteren Hinweise auf den Vampyr entdeckt, und das beunruhigte sie. Ein geisteskranker Vampyr hätte seine Spuren bestimmt nicht so geschickt verwischt. Das bedeutete, dass wir es mit einem Exemplar zu tun hatten, das bei vollem Verstand war – oder mit mehreren. Gavner wollte voraushuschen, um sich mit den anderen Vampiren zu beraten, aber Mr. Crepsley untersagte es ihm. Die Gesetze, die das Huschen auf dem Weg zum Berg verboten, hätten Vorrang vor unserer eigenen Sicherheit.

Ich wunderte mich darüber, dass Gavner sich den Anweisungen meines Meisters im Allgemeinen ohne Murren fügte. Schließlich war er ein Obervampir und hätte selbst das Kommando übernehmen können. Aber er machte Mr. Crepsley nie die Rolle des Anführers streitig.

Es mochte daran liegen, dass mein Lehrer früher ein sehr hochrangiger Obervampir gewesen war. Als er von seinem Amt zurückgetreten war, hatte seine Ernennung zum Fürsten unmittelbar bevorgestanden. Vielleicht betrachtete Gavner ihn deshalb noch immer als seinen Vorgesetzten.

Nachdem sie sich den Tag über ausgeschlafen hatten, zogen die Vampire erneut los, um die Umgebung unter die Lupe zu nehmen. Wenn sie auch diesmal nichts Verdächtiges fanden, wollten wir unsere Reise in der darauf folgenden Nacht fortsetzen.

Nach einem einfachen Frühstück ging ich wieder mit Rudi in den Wald, um zu spielen. Der Kleine war immer ganz ausgelassen, wenn er der Auf-

sicht der älteren Wölfe entkommen war. Dann konnte er endlich überall herumschnüffeln, ohne dass jemand nach ihm schnappte oder ihm einen Nasenstüber versetzte. Er versuchte sogar, auf die Bäume zu klettern, hatte dabei aber nur selten Erfolg, weil er noch zu klein war. Schließlich entdeckte er einen Baum mit tief hängenden Zweigen und kletterte bis auf halbe Höhe empor. Von dort aus blickte er ängstlich nach unten und winselte.
»Na komm schon«, spottete ich liebevoll. »*So* hoch oben bist du nun auch wieder nicht. Du brauchst keine Angst zu haben.« Er hörte nicht auf mich und jaulte weiter. Dann fletschte er knurrend die Zähne.
Ich machte erstaunt einen Schritt auf ihn zu. »Stimmt was nicht?«, fragte ich. »Sitzt du fest? Soll ich dir helfen?« Der Welpe kläffte. Es klang, als hätte er Angst. »Schon gut, Rudi«, beruhigte ich ihn. »Ich komme hoch und ...«
Das Ende meines Satzes ging in ohrenbetäubendem Gebrüll unter. Als ich herumfuhr, erblickte ich einen riesigen Bären mit dunklem Fell, der über eine Schneewehe setzte. Er landete unbeholfen, schüttelte den mächtigen Kopf und fixierte mich mit drohendem Knurren. Dann stürzte er sich mit blitzenden Zähnen und ausgestreckten Krallen auf mich!

KAPITEL 8

Wäre Rudi nicht gewesen, hätte der Bär mich mühelos zu Boden geworfen und getötet. Aber das Wolfsjunge sprang vom Baum und landete auf dem Kopf des Untiers, was diesem vorübergehend die Sicht raubte. Der Bär brüllte wütend und hieb mit der Tatze nach ihm, aber der Welpe duckte sich und biss ihm ins Ohr. Wieder brüllte der Bär und schüttelte wie rasend den Kopf. Rudi konnte sich noch ein paar Sekunden lang festklammern, dann flog er in hohem Bogen ins Gebüsch.

Nun wollte das Untier sich wieder mir widmen, aber ich hatte die Sekunden, die der Welpe mir verschafft hatte, genutzt, war hinter dem Baum in Deckung gegangen und rannte jetzt, so schnell ich konnte, auf die schützende Höhle zu. Der Bär setzte mir mit plumpen Sprüngen nach, merkte dann aber, dass ich schon zu weit weg war, knurrte zornig hinter mir her und wandte sich abermals Rudi zu.

Als ich ein ängstliches Jaulen vernahm, blieb ich sofort stehen. Mit einem Blick über die Schulter vergewisserte ich mich, dass der Welpe es aber-

mals auf den Baum geschafft hatte, dessen Rinde der Bär nun mit gewaltigen Klauenhieben zerfetzte. Rudi schwebte nicht in unmittelbarer Gefahr, aber früher oder später würde er entweder abrutschen oder heruntergeschüttelt werden, und das wäre sein Ende gewesen.
Ich zögerte keine Sekunde. Ich drehte mich um, ergriff einen Steinbrocken und den dicksten Ast, den ich auf die Schnelle finden konnte, und rannte zurück, um dem Wolfsjungen beizustehen.
Als er mich kommen sah, ließ der Bär vom Baum ab, hockte sich auf sein Hinterteil und erwartete mich. Es war ein riesiges Tier, mindestens anderthalb Meter groß, mit schwarzem Fell, einem helleren Gesicht und einer weißen Zeichnung wie einem Viertelmond auf der Brust. Schaum troff ihm aus dem Maul, und seine Augen funkelten so wild, als hätte er Tollwut.
Ich kam vor ihm zum Stehen und schlug mit dem Ast kräftig auf den Boden. »Na los, du Biest«, knurrte ich. Der Bär fauchte und schüttelte den Kopf. Ich warf einen kurzen Blick zu Rudi in den Baum hinauf, weil ich hoffte, er wäre schlau genug, von seinem Ast zu rutschen und sich so schnell wie möglich in die Höhle zu trollen, aber er blieb, wo er war, starr vor Angst und außer Stande, sich zu bewegen.
Der Bär holte mit der Pranke nach mir aus, aber ich duckte mich rechtzeitig. Daraufhin richtete er

sich auf die Hinterbeine auf und ließ sich nach vorn fallen, mit der Absicht, mich unter seinem enormen Gewicht zu begraben. Wieder wich ich aus, doch diesmal war es ziemlich knapp.

Ich fuchtelte mit dem Astende vor seinem Gesicht herum und zielte dabei auf seine Augen, als plötzlich die beiden Wölfinnen auf dem Kampfplatz erschienen. Sie mussten Rudis Kläffen gehört haben. Der Bär heulte vor Schmerz auf, als eine der beiden ihn ansprang und ihre Fänge tief in seine Schulter grub, während die andere mit Zähnen und Klauen auf seine Hinterbeine losging. Der Bär schüttelte die erste ab und wollte sich gerade zu der zweiten hinunterbücken, da wagte ich einen Vorstoß und erwischte ihn mit dem Ast am linken Ohr.

Ich muss ihm ordentlich wehgetan haben, denn er verlor sofort jegliches Interesse an den Wölfen und stürzte sich wieder auf mich. Ich duckte mich unter seinem massigen Körper weg, doch eine seiner mächtigen Vorderpranken donnerte gegen meinen Kopf, und ich fiel benommen zu Boden.

Der Bär ließ sich auf alle viere nieder und kam auf mich zu, wobei er die Wölfe mit fast beiläufigen Hieben nach links und rechts ins Gebüsch schleuderte. Ich krabbelte rückwärts, war jedoch nicht schnell genug. Mit einem Mal war der Bär über mir. Er stand aufrecht und ließ ein triumphierendes Brüllen ertönen. Endlich hatte er mich genau dort, wo er mich haben wollte. Voller Verzweiflung rammte ich ihm erst den Ast und dann den Stein in den Magen, aber er machte sich nicht viel aus diesen lächerlichen Attacken. Mit einem boshaften Grinsen ließ er sich auf mich herab …

… und genau in diesem Augenblick warfen sich die Kleinen Leute gegen seinen Rücken und brachten ihn aus dem Gleichgewicht. Sie hätten keine Sekunde später eintreffen dürfen.

Der Bär muss gedacht haben, die ganze Welt hätte sich gegen ihn verschworen. Jedes Mal, wenn er mich im Visier hatte, kam ihm etwas in die Quere. Er brüllte die Kleinen Leute wie rasend an und stürzte sich auf sie. Der mit dem Hinkebein konnte ausweichen, aber der andere wurde unter dem Untier begraben.

Der Kleine Kerl hob seine kurzen Arme und stemmte sie gegen die Brust des Bären, um ihn wegzuschieben. Er war stark, aber gegen diesen gewaltigen Gegner hatte er keine Chance. Der Bär krachte auf ihn nieder und zermalmte ihn.

Ein grässliches Knacken war zu hören, und als das mächtige Tier wieder auf die Beine kam, sah ich, dass die Blaukutte völlig zerquetscht war. Aus dem blutigen Körper ragten überall zersplitterte, rote Knochen heraus.

Der Bär hob den Kopf und brüllte zornig den Nachthimmel an. Dann richtete er seine Augen auf mich, brummte hungrig und kam auf allen vieren näher. Die Wölfe sprangen ihn an, doch er schüttelte sie erneut ab wie lästige Fliegen. Ich sah noch immer Sternchen von dem Tatzenhieb, konnte nicht aufstehen und versuchte, kriechend zu entkommen.

Als der Bär direkt vor mir stand, baute sich der andere Kleine Kerl – der, den ich Lefty nannte – vor ihm auf, packte ihn bei den Ohren und versetzte ihm einen *Kopfstoß!* Es war das Verrückteste, was ich je gesehen habe, aber es erfüllte seinen Zweck. Der Bär grunzte und blinzelte benommen. Lefty stieß noch einmal zu und legte gerade den Kopf in den Nacken, um zum dritten Mal auszuholen, als das Tier ihm wie ein Boxer mit der rechten Tatze einen Schwinger versetzte.

Der Hieb traf Lefty vor der Brust und warf ihn um. Im Kampfgetümmel war ihm die Kapuze vom Kopf gerutscht, und ich konnte sein graues, grob zusammengeflicktes Gesicht mit den runden, grünen Augen sehen. Vor dem Mund trug er eine Maske, wie ein Chirurg im Operationssaal. Ohne ein Zeichen von Furcht sah er zu dem Bären auf und erwartete den tödlichen Hieb.

»Nein!«, schrie ich. Ich richtete mich auf den Knien auf und rammte dem Untier die Faust in die Flanke. Das Vieh knurrte mich an. Ich schlug noch einmal zu, nahm eine Hand voll Schnee und schleuderte sie ihm ins Gesicht.

Während der Bär noch blinzelnd den Kopf schüttelte, sah ich mich nach einer neuen Waffe um. Was, war mir egal – alles war besser als die bloßen Hände. Zuerst entdeckte ich nichts Brauchbares, aber dann fiel mein Blick auf die Knochen, die aus dem Brustkorb des toten Kleinen Kerls ragten. Ohne nachzudenken, hechtete ich zu der Leiche hinüber, packte den längsten Knochen und zog daran. Seine Oberfläche war blutig, und meine Finger rutschten ständig ab. Ich gab nicht auf, packte fester zu und bewegte den Knochen ruckartig von rechts nach links. Nach ein paar Versuchen brach er am unteren Ende durch, und ich hatte endlich meine Waffe.

Der Bär konnte inzwischen wieder sehen und trottete auf mich zu. Lefty lag immer noch am Boden. Die Wölfe bellten wie rasend, aber das Untier ließ sich nicht ablenken. Der Welpe kläffte von seinem Sitz im Baum herunter.

Ich war ganz auf mich selbst gestellt. Allein gegen den Bären. Niemand konnte mir jetzt noch helfen.

Ich sammelte meine überdurchschnittlichen Vampirkräfte, wirbelte herum, rollte mich unter den scharfen Krallen meines Gegners hindurch, sprang auf die Füße, fasste mein Ziel fest ins Auge und stieß den spitzen Knochen tief in die ungeschützte Kehle des riesigen Raubtiers.

Der Bär erstarrte mitten in der Bewegung. Seine Augen traten aus den Höhlen, und die Vorder-

pfoten sackten herab. Einen Augenblick hielt er sich noch aufrecht und rang nach Luft. Der Knochen ragte aus seinem Pelz. Dann fiel er krachend zu Boden, wurde ein paar grauenvolle Sekunden von Krämpfen geschüttelt – und war tot.
Ich stürzte auf ihn und blieb einfach liegen. Ich zitterte und weinte, allerdings mehr aus Angst als vor Schmerzen. Ich hatte zwar schon früher dem Tod ins Auge gesehen, aber das war der brutalste Kampf gewesen, den ich jemals hatte ausfechten müssen.
Irgendwann kam eine der Wölfinnen, und zwar die scheuere von beiden, zu mir herüber, schmiegte sich an mich und leckte mir das Gesicht, um sich zu vergewissern, dass ich noch lebte. Um ihr zu zeigen, dass ich unverletzt war, tätschelte ich ihr die Flanke. Dann grub ich mein Gesicht in ihr Fell und trocknete meine Tränen. Sobald ich mich kräftig genug fühlte, stand ich auf und sah mich um.
Die andere Wölfin stand neben dem Baum und forderte das Junge, das fast noch heftiger zitterte als ich, mit kurzen Kläfflauten zum Herunterklettern auf. Unweit davon lag die zerquetschte Blaukutte. Blut sickerte in den Schnee und färbte ihn rot. Lefty saß daneben auf dem Boden und untersuchte seine Arme und Beine, um festzustellen, ob er verwundet war.
Ich trat zu ihm, um mich dafür zu bedanken, dass

er mir das Leben gerettet hatte. Ohne seine Kapuze war er unvorstellbar hässlich: Seine Haut war grau, sein Gesicht ein formloser Klumpen voller Narben und Nähte. Ich konnte weder Ohren noch Nase erkennen, und seine runden, grünen Augen saßen ziemlich weit oben im Kopf, nicht mitten im Gesicht wie bei den meisten Leuten. Außerdem hatte er überhaupt keine Haare.
Zu jedem anderen Zeitpunkt wäre ich wahrscheinlich zu Tode erschrocken, aber dieses Geschöpf hatte sein Leben riskiert, um meines zu retten, und ich verspürte ihm gegenüber nichts anderes als unendliche Dankbarkeit. »Alles okay, Lefty?«, fragte ich. Er blickte auf und nickte. »Das war knapp«, sagte ich mit einem kurzen Auflachen. Er nickte wieder. »Danke, dass du mir geholfen hast. Wenn du nicht rechtzeitig eingegriffen hättest, wäre ich jetzt tot.« Ich ließ mich neben ihn auf den Boden sinken und betrachtete erst den Bären, dann die Leiche der Blaukutte. »Das mit deinem Freund tut mir echt Leid, Lefty«, sagte ich leise. »Sollen wir ihn begraben?«
Der Kleine Kerl schüttelte verneinend den großen Kopf und machte Anstalten aufzustehen, hielt dann aber inne. Er schaute mich eindringlich an, und ich erwiderte fragend seinen Blick. Es sah fast so aus, als wollte er etwas sagen.
Dann hob er die Hand, zog vorsichtig die Maske herunter, die seine untere Gesichtspartie verdeck-

te, und entblößte einen breiten Mund voller scharfer, gelber Zähne. Er streckte die Zunge heraus, die dieselbe merkwürdig graue Farbe hatte wie seine übrige Haut, und leckte sich die Lippen. Als er sie genügend befeuchtet hatte, verzog er den Mund probehalber ein paar Mal und tat dann etwas, was ich für unmöglich gehalten hatte. Es klang kratzig, stockend und mechanisch – aber der Kleine Kerl *redete*.

»Heiß ... nicht Lefty. Heiß ... Harkat ... Harkat Mulds.«

Dann verzog er die Lippen zu einem schiefen Grinsen, das einem Lächeln ziemlich nahe kam.

KAPITEL 9

Mr. Crepsley, Gavner und Blitz kundschafteten gerade ein Labyrinth von Gängen im oberen Berghang aus, als sie schwache Kampfgeräusche vernahmen. Sie rannten zurück und erreichten den Schauplatz etwa fünfzehn Minuten, nachdem ich den Bären zur Strecke gebracht hatte. Als ich ihnen schilderte, was passiert war, und von Harkat Mulds' Eingreifen erzählte, waren sie total baff.

Der Kleine Kerl hatte seine Kutte wieder angelegt und die Kapuze tief ins Gesicht gezogen, und als sie ihn fragten, ob er wirklich sprechen könne, schwieg er so lange, dass ich schon befürchtete, er würde überhaupt nicht antworten. Aber dann nickte er und krächzte: »Ja.«

Gavner sprang vor Schreck sogar ein paar Schritte zurück. Mr. Crepsley schüttelte bloß erstaunt den Kopf. »Darüber unterhalten wir uns später«, sagte er. »Zuerst ist der Bär dran.«

Er kniete sich neben das tote Untier und musterte es aufmerksam. »Beschreib bitte noch einmal genau, wie er dich angegriffen hat«, forderte er mich auf, und ich berichtete noch einmal von vorn, wie der Bär aus dem Nichts aufgetaucht war und mich wie rasend attackiert hatte. »Das ist merkwürdig.« Mein Lehrmeister runzelte die Stirn. »So verhalten Bären sich normalerweise nicht, es sei denn, man reizt sie oder sie sind völlig ausgehungert. Hunger kann er nicht gehabt haben – seht euch nur seinen prallen Wanst an –, und wenn du ihn nicht geärgert hast ...«

»Er hatte Schaum vor dem Maul«, meinte ich. »Wahrscheinlich hatte er Tollwut.«

»Das werden wir gleich wissen.« Mit seinen scharfen Fingernägeln schlitzte der Vampir dem toten Bären den Bauch auf. Er hielt die Nase an den Schnitt und schnupperte an dem austretenden Blut. Nach ein paar Sekunden verzog er angewidert das Gesicht und erhob sich.

»Und?«, fragte Gavner erwartungsvoll.

»Der Bär war tatsächlich wahnsinnig«, bestätigte Mr. Crepsley. »Aber er hatte keine Tollwut. Er hat Vampyrblut zu sich genommen.«

»Wieso das denn?«, japste ich.

»Ich bin mir nicht sicher«, erwiderte Mr. Crepsley und warf einen prüfenden Blick zum Himmel. »Uns bleibt noch etwas Zeit, bis es hell wird. Lasst uns der Spur des Bären folgen. Dann erfahren wir vielleicht mehr.«

»Was ist mit der Leiche da drüben?«, fragte Gavner. »Sollen wir die Blaukutte begraben?«

»Willst du ihn begraben ... *Harkat?*«, wandte sich Mr. Crepsley an meinen Retter.

Harkat Mulds schüttelte den Kopf. »Nein.«

»Dann lassen wir ihn eben liegen«, sagte der Vampir kurz angebunden. »Sollen die Raubtiere und Vögel seine Knochen blank putzen. Wir haben keine Zeit zu verlieren.«

Der Spur des Bären zu folgen, war nicht schwer. Selbst für einen unerfahrenen Spurenleser wie mich waren die tiefen Fußabdrücke und geknickten Zweige nicht zu übersehen.

Es dämmerte schon, als wir unter einem kleinen Steinhügel das fanden, was den Bären so krank gemacht hatte. Halb unter Felsbrocken begraben lag eine tiefrote Leiche mit rotem Haar – ein Vampyr!

»So wie sein Kopf aussieht, ist er gestürzt und hat sich dabei den Schädel eingeschlagen«, meinte mein Meister, nachdem er den Toten untersucht hatte. »Irgendjemand hat ihn begraben, und anschließend hat ihn der Bär wieder ausgebuddelt. Man kann noch sehen, wo er Fleischfetzen aus der Leiche gerissen hat.« Er zeigte auf die tiefen Löcher im Bauch des Vampyrs. »Das hat das Tier verrückt gemacht: Vampirblut und auch das von Vampyren ist giftig. Hättest du das Biest nicht erlegt, Darren, wäre es in ein oder zwei Tagen von selbst verendet.«

»Hier hat unser mysteriöser Vampyr sich also

versteckt«, brummelte Gavner. »Kein Wunder, dass wir ihn nicht gefunden haben.«
»Jetzt brauchen wir wenigstens keine Angst mehr zu haben«, seufzte ich erleichtert.
»Im Gegenteil«, widersprach Mr. Crepsley barsch. »Wir haben weit mehr Grund zur Besorgnis als vorher.«
»Warum? Er ist doch tot.«
»So weit hast du zwar Recht«, nickte mein Meister zustimmend. Dann deutete er auf den Steinhaufen. *»Aber wer hat ihn begraben?«*

Wir schlugen unser Lager unterhalb eines Felsens auf und bauten aus Ästen und Blättern ein Dach, unter dem die Vampire beim Schlafen vor der Sonne geschützt waren. Sie zogen sich in die Dunkelheit zurück, und Harkat und ich hockten uns vor den Eingang. Dann erzählte uns der Kleine Kerl seine unglaubliche Lebensgeschichte.
Die Wölfe waren auf die Jagd gegangen. Nur Rudi war dageblieben und döste zusammengerollt auf meinem Schoß.
»Ich ... erinnere ... mich nicht ... an alles«, begann der Kleine Kerl stockend.
Das Sprechen fiel ihm immer noch schwer, und er musste oft kleine Pausen zum Luftholen einlegen.
»Das meiste ... ist ... ziemlich verschwommen. Ich erzähle ... euch, was ... ich noch weiß. Zunächst mal – ich bin ein ... Geist.«

Wir trauten unseren Ohren nicht.
»Ein Geist!«, rief Mr. Crepsley aus. »Das ist doch lächerlich!«
»Da hast du vollkommen Recht«, pflichtete Gavner grinsend bei. »Wir Vampire glauben nicht an Geister und andere Ammenmärchen, stimmt's, Larten?«
Bevor Mr. Crepsley etwas erwidern konnte, stellte Harkat seine Behauptung richtig. »Ich meine ... ich ... *war* ein Geist. Alle ... Kleinen Leute ... waren Geister. Bis sie ... einen Vertrag ... mit Meister Schick ... geschlossen haben.«
»Das verstehe ich nicht«, sagte Gavner. »Was für einen Vertrag denn?«
»Meister Schick ... kann mit den ... Toten sprechen«, erläuterte Harkat. »Ich habe die Erde ... nicht verlassen, als ... ich starb. Meine Seele ... schaffte es nicht. Ich saß ... fest. Meister Schick hat ... mich gefunden. Er sagte, er ... gibt mir ... einen Körper, damit ich ... wieder leben kann. Zum Dank ... müsste ich ihm ... dienen.«
Harkat erklärte uns, alle Kleinen Leute hätten ein Abkommen mit Meister Schick getroffen, allerdings jeder zu anderen Bedingungen. Sie brauchten ihm nicht für immer und ewig zu dienen. Früher oder später ließ er sie wieder frei. Manche von ihnen entschieden sich dafür, in ihren kleinen, grauen Körpern weiterzuleben, einige wurden noch einmal geboren, wieder an-

dere gingen in den Himmel oder das Paradies ein, dorthin, wo die Seelen der Toten eben hinkommen.

»Und das alles kann Meister Schick bewerkstelligen?«, vergewisserte sich Mr. Crepsley.

Harkat nickte.

»Was für einen Vertrag hast *du* denn mit ihm getroffen?«, erkundigte ich mich neugierig.

»Ich weiß ... nicht mehr. Ich kann mich nicht ... erinnern.«

Harkat konnte sich an vieles nicht erinnern. Er hatte vergessen, wer er gewesen war, als er noch lebte, wann und wo er gelebt hatte und wie lange er schon tot war. Er wusste nicht einmal mehr, ob er früher ein Mann oder eine Frau gewesen war! Die Kleinen Leute waren nämlich geschlechtslos, das bedeutete, sie waren weder männlich noch weiblich.

»Was sollen wir denn sagen, wenn wir von dir sprechen?«, fragte Gavner. »Er? Sie? Es?«

»*Er* ... ist schon in Ordnung«, krächzte Harkat.

Ihre blauen Kapuzenkutten waren nur eine effektvolle Kostümierung. Die Masken dagegen waren lebensnotwendig, und sie trugen stets mehrere Ersatzmasken bei sich. Einige davon waren unter ihre Haut eingenäht, damit sie nicht verloren gehen konnten! Sauerstoff war tödlich für sie. Wenn sie zehn oder zwölf Stunden lang normale Luft atmeten, mussten sie sterben. Ihr

Mundschutz war deshalb mit speziellen Chemikalien getränkt, um die Luft zu filtern.

»Aber wie kannst du sterben, wenn du doch schon tot bist?«, wunderte ich mich.

»Mein Körper kann … sterben wie jeder … andere. Wenn das passiert … sitzt meine Seele … wieder genauso fest wie … zuvor.«

»Könntest du dann nicht einfach einen neuen Vertrag mit Meister Schick schließen?«, meinte Mr. Crepsley.

Harkat schüttelte den Kopf. »Bin mir nicht … sicher. Nehm's … nicht an. Mehr als ein zusätzliches … Leben … kriegen … wir nicht … glaube ich.«

Die Kleinen Leute verständigten sich durch Gedankenübertragung. Deshalb sagten sie auch nie etwas. Es war Harkat nicht bekannt, ob die anderen sprechen konnten oder nicht. Als wir wissen wollten, warum er bis jetzt geschwiegen hatte, verzog er die Lippen zu einem verzerrten Grinsen und meinte, er habe bis jetzt noch keinen Anlass gehabt zu sprechen.

»Aber es muss doch einen Grund geben«, bohrte Mr. Crepsley. »In den vielen hundert Jahren, die ich die Kleinen Leute jetzt schon kenne, hat noch nie einer von ihnen gesprochen, nicht einmal, wenn er große Schmerzen hatte oder im Sterben lag. Warum hast ausgerechnet *du* das Schweigen gebrochen? Und *wieso?*«

Harkat zögerte. »Ich habe ... eine Botschaft«, stammelte er schließlich. »Meister Schick ... hat mir befohlen ... sie den Vampirfürsten ... auszurichten. Insofern ... hätte ich sowieso ... demnächst ... sprechen müssen.«

»Eine *Botschaft?«* Mein Lehrer beugte sich gespannt vor, zog sich aber sofort in den Schatten zurück, als ein Sonnenstrahl ihn traf. »Was für eine Botschaft?«

»Sie ist für ... die Fürsten bestimmt«, wehrte Harkat ab. »Ich glaube nicht ... dass ich sie euch ... verraten darf.«

»Komm schon, Harkat«, ermunterte ich ihn. »Wir sagen es auch nicht weiter. Du kannst uns vertrauen.«

»Ihr ... behaltet es bestimmt ... für euch?«, wandte er sich an die beiden Vampire.

»Ich schweige wie ein Grab«, versprach Gavner.

Mr. Crepsley zögerte erst, aber schließlich nickte auch er.

Harkat machte einen tiefen, bebenden Atemzug. »Die Nacht des ... Lords der Vampyre ... ist nah, soll ich ... den Fürsten ausrichten. Mehr hat ... Meister Schick ... nicht gesagt.«

»Die Nacht des Lords der Vampyre?«, wiederholte ich erstaunt. »Was soll das denn heißen?«

»Ich weiß ... nicht, was es ... bedeutet«, nuschelte der Kleine Kerl. »Ich bin bloß ... der Bote.«

»Gavner, wissen Sie vielleicht ...«, fing ich an,

unterbrach mich aber, als ich die Gesichter der Vampire sah. Ich verstand Harkats Botschaft zwar nicht, aber ihnen schien sie eine Menge zu sagen. Sie waren noch bleicher als sonst und zitterten vor Angst. Sie hätten nicht entsetzter aussehen können, wenn sie jemand kurz vor Sonnenaufgang mit einem angespitzten Pfahl durchs Herz am Erdboden festgenagelt hätte!

KAPITEL 10

Mr. Crepsley und Gavner klärten mich nicht sofort über Harkats Botschaft auf. Dafür waren sie viel zu bestürzt. Erst nach und nach, im Lauf der nächsten drei oder vier Nächte, erfuhr ich, was sie zu bedeuten hatte.

Das meiste der ganzen Geschichte erzählte mir Gavner Purl.

Es hing offenbar damit zusammen, dass Meister Schick den Vampiren vor Hunderten von Jahren, kurz nach der Abspaltung der Vampyre, etwas Wichtiges mitgeteilt hatte. Nach Ende des Krieges hatte er die Fürsten im Berg der Vampire aufgesucht und ihnen mitgeteilt, dass die Vampyre keine Hierarchie hatten (das war Mr. Crepsleys Ausdruck), was bedeutete, dass es keine Obervampyre oder Fürsten gab. Bei den Vampyren erteilte niemand Befehle oder kommandierte die anderen herum.

»Das war auch einer der Gründe, weshalb sie sich von uns getrennt haben«, führte Gavner aus. »Unsere strenge Rangordnung passte ihnen nicht. Sie fanden es ungerecht, dass die gewöhnlichen

Vampire den Oberen Rechenschaft abzulegen hatten und diese wiederum den Fürsten.«

Er senkte die Stimme, damit Mr. Crepsley ihn nicht hören konnte, und fuhr fort: »Um ehrlich zu sein, ich kann sie sogar verstehen. Einige unserer Gesetze sind tatsächlich überholt. Unser System funktioniert zwar schon Jahrhunderte, aber das bedeutet noch lange nicht, dass es perfekt ist.«

»Wollen Sie damit etwa sagen, das Sie lieber ein Vampyr wären?«, fragte ich entsetzt.

Er lachte. »Natürlich nicht! Vampyre töten ihre Opfer, lassen geisteskranke Artgenossen wie Murlough frei herumlaufen und tun, was ihnen gefällt. Da bin ich doch lieber ein Vampir. Trotzdem kann ich die Kritik der Vampyre nachvollziehen.

Nimm nur mal die Regel, dass man auf dem Weg zum Berg nicht huschen darf – eine absolut unsinnige Vorschrift, die nur von den Fürsten aufgehoben werden kann. Doch die Fürsten brauchen nichts zu ändern, was sie nicht wollen, ganz egal, wie der Rest des Clans darüber denkt. Die Oberen sind den Fürsten zu bedingungslosem Gehorsam verpflichtet, und gewöhnliche Vampire müssen sich wiederum den Obervampiren unterordnen.«

Obwohl die Vampyre also nichts von Anführern hielten, hatte Meister Schick prophezeit, dass eines Nachts ein unbesiegbarer Held auftauchen würde. Er würde sich »Lord der Vampyre« nennen, und die Vampyre würden ihm blindlings gehorchen.

»Was ist daran so schlimm?«, fragte ich.

»Wart's ab«, sagte Gavner bedeutsam. Angeblich würde der Lord der Vampyre, sobald er zu Amt und Würden gelangt war, seine Untertanen in einen neuen Krieg gegen uns Vampire führen. Diesen Krieg könnten wir nicht gewinnen, so Meister Schicks Warnung. Wir würden bis zum letzten Mann ausgerottet.

Ich erschrak. »Stimmt das?«

Gavner zuckte die Achseln. »Das fragen wir uns jetzt schon seit siebenhundert Jahren. Niemand bezweifelt Meister Schicks Fähigkeiten – er hat schon früher unter Beweis gestellt, dass er die Zukunft voraussagen kann –, aber manchmal lügt er auch absichtlich. Er ist eine hinterhältige, falsche Schlange.«

»Warum habt ihr die Vampyre dann nicht gleich allesamt umgebracht?«, fragte ich weiter.

»Meister Schick verkündete, dass einige von ihnen überleben würden und der Lord der Vampyre in jedem Fall auftauchen würde. Außerdem wäre ein zweiter Krieg mit den Vampyren zu riskant gewesen. Die Menschen setzten uns schon heftig genug zu. Deshalb beschlossen wir, einen Waffenstillstand zu vereinbaren und abzuwarten.«

»Gibt es denn gar keine Möglichkeit, die Vampyre ein für alle Mal zu besiegen?«
»Ich weiß nicht.« Gavner kratzte sich nachdenklich am Kopf. »Wir sind zwar in der Überzahl und genauso stark wie sie, demnach gibt es eigentlich keinen Grund, warum wir ihnen nicht den Garaus machen sollten. Aber Meister Schick meinte, auf die zahlenmäßige Überlegenheit käme es dabei nicht an.
Eine Hoffnung haben wir allerdings noch«, fügte er hinzu. »Den Stein des Blutes.«
»Was ist das denn?«
»Den siehst du, sobald wir im Berg angekommen sind. Der Stein des Blutes ist ein magischer Gegenstand und unser wertvollster Besitz. Meister Schick sagte, wenn wir verhindern können, dass der Stein den Vampyren in die Hände fällt, würden wir zwar die Schlacht gegen sie verlieren, aber es bestünde die Möglichkeit, dass unser Geschlecht sich lange Zeit danach aus der Asche erhebt und zu neuer Blüte gelangt.«
»Und wie soll das vor sich gehen?«
Gavner lächelte. »*Das* ist genau die Frage, die uns seit Meister Schicks Besuch beschäftigt. Sag mir Bescheid, falls du zufällig die Antwort herausfindest.« Er zwinkerte mir zu und beendete das beunruhigende Gespräch.

Eine Woche darauf erreichten wir endlich den Berg der Vampire.
Es war nicht der höchste Berg der Umgegend, aber er war steil, stark zerklüftet und wirkte unbezwinglich. »Wo ist der Palast?«, erkundigte ich mich und spähte blinzelnd zu dem schneebedeckten Gipfel empor, der direkt auf den Dreiviertelmond am Himmel zu zeigen schien.
»Welcher Palast?«, fragte Mr. Crepsley verständnislos zurück.
»Der Palast der Vampirfürsten natürlich«, erklärte ich. Die beiden Freunde brachen in schallendes Gelächter aus. »Was ist daran so komisch?«, fauchte ich beleidigt.
»Was glaubst du wohl, wie lange man uns in Ruhe lassen würde, wenn wir unseren Palast auf einem Berggipfel errichtet hätten, wo ihn jeder schon von weitem sehen kann?«, schmunzelte mein Lehrmeister.
»Aber wo ...?« Plötzlich ging mir ein Licht auf. »Der Palast ist im *Inneren* des Berges.«
»Du hast's erfasst«, sagte Gavner. »Der ganze Berg ist wie ein riesiger Bienenstock, voller Höhlen und Kammern. Darin befindet sich alles, was ein Vampirherz sich nur wünschen kann: massenhaft Särge, Fässer mit Menschenblut, Essen und Wein. Nur bei der Ankunft oder wenn wir zwischendurch auf die Jagd gehen, lassen wir uns draußen blicken.«

»Und wo ist der Eingang?«
Mr. Crepsley tippte sich mit dem Zeigefinger viel sagend an die Nasenspitze. »Das wirst du schon noch früh genug merken.«
Wir wanderten am Fuß des Berges entlang. Die beiden Vampire wurden immer aufgeregter, aber nur Gavner ließ sich etwas anmerken. Der ältere Vampir gab sich so gelassen wie immer, und nur wenn er sich unbeobachtet glaubte, grinste er vor sich hin und rieb sich voller Vorfreude die Hände.
Nach einer Weile kamen wir an einen etwa sechs oder sieben Meter breiten Fluss. Er strömte schnell dahin und verlor sich irgendwo in der Ebene unter uns. Flussaufwärts marschierten wir weiter. Plötzlich tauchte in der Ferne ein einzelner Wolf auf und heulte. Unsere vierbeinigen Begleiter blieben wie angewurzelt stehen. Blitz spitzte die Ohren, lauschte gespannt und antwortete schließlich. Dann blickte er mich schwanzwedelnd an.
»Er will dir auf Wiedersehen sagen«, erläuterte mein Meister, aber das hatte ich bereits befürchtet.
»*Müssen* sie uns denn verlassen?«, fragte ich.
»Sie sind extra hergekommen, um sich mit ihresgleichen zu treffen. Deshalb haben sie sich uns ja angeschlossen. Es wäre grausam, von ihnen zu verlangen, dass sie bei uns bleiben.«

Ich nickte traurig und kraulte Blitz hinter den Ohren. »War schön, deine Bekanntschaft zu machen, mein Guter«, seufzte ich. Dann tätschelte ich Rudi den Rücken. »Ich werde dich vermissen, du kleiner Frechdachs.«
Die älteren Wölfe trabten los. Rudi zögerte noch und blickte unschlüssig zwischen mir und seinen Artgenossen hin und her. Einen kurzen Augenblick lang hoffte ich, er würde sich für mich entscheiden, aber dann bellte er, rieb seine feuchte Schnauze ein letztes Mal an meinen nackten Füßen und folgte seinen Gefährten.
»Du triffst ihn bestimmt wieder«, tröstete Gavner mich. »Wir sehen noch mal nach ihnen, bevor wir den Heimweg antreten.«
»Schon in Ordnung«, schniefte ich und gab mir größte Mühe, gleichgültig zu erscheinen. »Es sind nur ein paar blöde Viecher. Macht mir überhaupt nichts aus.«
»Was natürlich nicht stimmt«, sagte Gavner mit verständnisvoller Miene.
»Kommt jetzt«, mahnte Mr. Crepsley und setzte sich wieder in Bewegung. »Wir können nicht die ganze Nacht hier herumstehen und ein paar räudigen Wölfen nachtrauern.« Ich sah ihn gekränkt an, und er hüstelte verlegen. »Wölfe haben ein hervorragendes Gedächtnis«, setzte er hinzu. »Der Kleine wird sich noch an dich erinnern, wenn er schon alt und grau ist.«

»Wirklich?«

»Ganz bestimmt«, versprach er, wandte sich dann ab und marschierte weiter. Gavner und Harkat schlossen sich ihm an. Ich drehte mich ein letztes Mal nach den davontrottenden Wölfen um, seufzte betrübt und schulterte meinen Rucksack.

KAPITEL 11

Wir überquerten den Fluss an der Stelle, wo er brausend aus dem Berg schoss. Der Lärm war ohrenbetäubend, besonders für unser superempfindliches Vampirgehör, und wir beeilten uns, so gut es ging. Die Felsen waren feucht und glitschig, und an besonders gefährlichen Stellen bildeten wir eine Kette. Auf einem dick vereisten Vorsprung rutschten Gavner und ich gleichzeitig aus. Ich hatte Mr. Crepsleys Hand gefasst, aber als ich überraschend stürzte, löste sich sein Griff. Zum Glück hielt Harkat Gavner fest und zog uns beide wieder hoch.

Etwa eine Viertelstunde später erreichten wir eine Öffnung in der Bergflanke. Wir waren noch nicht sehr hoch geklettert, aber als ich nach unten blickte, ging es ganz schön steil in die Tiefe. Ich war froh, dass wir nicht noch höher steigen mussten.

Mr. Crepsley betrat den Gang als Erster, ich folgte ihm. Es war sehr dunkel. Ich wollte gerade vorschlagen, Fackeln anzuzünden, als ich bemerkte, dass es umso heller wurde, je tiefer der Tunnel in den Berg hineinführte.

»Woher kommt das Licht?«, fragte ich.
»Schimmerschimmel«, erwiderte mein Meister.
»Ist das eine Antwort oder ein Zungenbrecher?«, fauchte ich ärgerlich.
»Es ist ein bestimmter Pilz, der Licht abstrahlt«, erklärte Gavner. »Wächst in Höhlen und manchmal auch auf dem Meeresgrund.«
»Ach so. Gibt's den überall in diesen Gängen?«
»Leider nicht. Aber zur Not haben wir ja noch die Fackeln.« Vor uns blieb Mr. Crepsley plötzlich stehen und fluchte.
»Stimmt was nicht?«, erkundigte sich Gavner.
»Der Gang ist eingestürzt«, seufzte mein Meister. »Es geht nicht weiter.«
»Heißt das, wir kommen nicht in den Palast hinein?«, fragte ich entgeistert. Hatten wir die anstrengende Reise etwa unternommen, um kurz vor dem Ziel unverrichteter Dinge umzukehren?
»Es gibt noch andere Gänge«, beschwichtigte Gavner. »Der Berg ist ein einziges Labyrinth. Wir müssen einfach zurückgehen und unser Glück woanders versuchen.«
»Beeilt euch«, mahnte Mr. Crepsley. »Es wird bald hell.«
Wir trabten zu unserem Ausgangspunkt zurück. Diesmal ging Harkat voran. Wieder im Freien, kletterten wir weiter hinauf, so schnell es die vereisten Felsen zuließen, und stießen bald auf den Zugang zu einem zweiten Tunnel. Die Sonne ging

schon auf. Dieser Gang war nicht so hoch wie der erste, und die beiden ausgewachsenen Vampire konnten sich nur gebückt fortbewegen. Harkat und ich dagegen mussten lediglich ein wenig den Kopf einziehen. Hier gedieh der Schimmerschimmel nur spärlich, aber für unsere überscharfen Augen reichte das Dämmerlicht aus.

Nach einer Weile fiel mir auf, dass der Gang abwärts führte. Ich machte Gavner darauf aufmerksam. »Das hat nichts zu bedeuten«, erwiderte er. »Irgendwann geht es auch wieder aufwärts.«

Ungefähr eine halbe Stunde später zeigte sich, dass er Recht gehabt hatte. Der Tunnel führte auf einmal fast senkrecht in die Höhe, und das Klettern wurde schwierig. Die Felswände schlossen sich immer enger um uns, und ich war bestimmt nicht der Einzige, der vor Nervosität einen trockenen Mund hatte. Aber schon nach kurzer Zeit erweiterte sich der Tunnel zu einer kleinen Höhle, in der wir erst einmal Rast machten. Irgendwo tief unter uns hörte ich den Fluss rauschen, den wir draußen durchquert hatten.

Von dieser Höhle führten insgesamt vier Gänge in verschiedene Richtungen. Ich fragte Gavner leise, woher Mr. Crepsley wusste, welcher davon der richtige war. »Der Weg ist gekennzeichnet«, erklärte Gavner und wies mich auf einen kleinen Pfeil hin, der in Bodennähe in die Wand des einen Ganges geritzt war.

»Und wohin führen die anderen drei?«
»Manche sind Sackgassen, die übrigen führen zu weiteren Gängen und zu den Hallen.« (›Hallen‹ nannte man den Teil des Berges, in dem die Vampire hausten.) »Viele dieser Tunnel sind noch unerforscht, und es gibt keine Karte. Zieh also niemals auf eigene Faust los«, warnte Gavner mich. »Man kann sich in null Komma nichts verirren.«
Während die anderen sich noch ausruhten, holte ich Madame Octa hervor, um festzustellen, ob sie Hunger hatte. Da sie sehr kälteempfindlich war, hatte sie fast die ganze Reise verschlafen und war nur gelegentlich zum Fressen aufgewacht. Als ich das Tuch über ihrem Käfig wegzog, krabbelte plötzlich eine Spinne über den Felsboden auf uns zu. Sie war zwar nicht so groß wie Madame Octa, sah aber trotzdem ziemlich gefährlich aus.
»Gavner!«, rief ich erschrocken aus und wich einen Schritt von dem Käfig zurück.
»Was ist denn?«
»Eine Spinne!«
»Ach so.« Er grinste. »Keine Angst. Davon gibt es hier Hunderte.«
»Sind sie giftig?«, fragte ich und beugte mich zu dem Tier hinunter, das Madame Octas Käfig mit großem Interesse inspizierte.
»Nein«, beruhigte er mich. »Ihr Biss ist nicht schlimmer als ein Wespenstich.«

Ich zog das Tuch ganz weg, weil ich neugierig war, wie Madame Octa auf die fremde Artgenossin reagieren würde. Sie nahm keine Notiz von ihr, sondern blieb einfach sitzen, während die andere Spinne über das Käfigdach krabbelte. Ich wusste eine ganze Menge über Spinnen (als Kind hatte ich massenhaft Bücher darüber gelesen und mir außerdem oft Tierfilme im Fernsehen angeschaut), aber ein solches Exemplar war mir noch nie untergekommen. Es war ungewöhnlich stark behaart und hatte eine merkwürdige gelbe Farbe.

Schließlich verzog sich die fremde Besucherin, und ich fütterte Madame Octa mit Insekten und deckte den Käfig anschließend wieder zu. Dann legte ich mich neben meine Reisegefährten auf den Boden und döste ein. Plötzlich war mir, als hätte ich aus einem der Gänge Kinderlachen gehört. Ich setzte mich auf und horchte, aber das Geräusch wiederholte sich nicht.

»Was ist denn jetzt schon wieder?«, ächzte Gavner und öffnete verschlafen ein Auge.

»Nichts«, erwiderte ich zögernd, aber dann fragte ich ihn doch, ob es im Berg auch Vampirkinder gab.

»Nein«, murmelte er und schloss das Auge wieder. »Soweit ich weiß, bist du das einzige angezapfte Kind.«

»Dann habe ich mich wohl verhört«, gähnte ich,

legte mich wieder hin und nickte ein, spitzte aber vorsichtshalber noch im Schlaf die Ohren.

Nachdem wir uns ein paar Stunden ausgeruht hatten, setzten wir unseren Marsch fort, wobei wir uns an die mit Pfeilen gekennzeichneten Gänge hielten. Nach einer halben Ewigkeit versperrte uns eine schwere Holztür den Weg. Mr. Crepsley zupfte seinen Pullover zurecht, glättete sein struppiges Haar und klopfte kräftig an. Als keine Antwort erfolgte, klopfte er ein zweites und drittes Mal.

Schließlich war auf der anderen Seite der Tür ein Geräusch zu vernehmen, und sie wurde geöffnet. Gleißendes Licht fiel in den Tunnel. Nach der langen Wanderung durch die dunklen Gänge waren wir wie geblendet und hielten schützend die Hände vor die Augen, bis wir uns an die Helligkeit gewöhnt hatten. Ein hagerer, dunkelgrün gekleideter Vampir trat heraus und musterte uns prüfend. Als er Harkat und mich erblickte, runzelte er die Stirn und packte den langen Speer, den er bei sich trug, fester. Hinter ihm erspähte ich weitere grün gekleidete Gestalten, allesamt bewaffnet.

»Stellt euch der Wache vor«, befahl er barsch. Auf diese Begrüßungsformel hatten mich die Vampire schon vorbereitet.

»Mein Name ist Larten Crepsley, und ich suche

den Rat des Konzils«, erwiderte mein Lehrmeister. So lautete die vorgeschriebene Antwort.
»Mein Name ist Gavner Purl, und ich suche den Rat des Konzils«, echote sein Freund.
Jetzt war ich an der Reihe. »Mein Name ist Darren Shan, und ich suche den Rat des Konzils.«
»Mein Name ... Harkat Mulds. Suche ... das Konzil«, keuchte Harkat.
»Larten Crepsley ist uns bekannt«, gab der Wächter zurück. »Gavner Purl ist uns ebenfalls bekannt. Aber die beiden da ...« Er deutete mit dem Speer auf den Kleinen Kerl und mich und schüttelte missbilligend den Kopf.
»Das sind unsere Reisegefährten«, erklärte Mr. Crepsley. »Der Junge ist ein Halbvampir und mein Gehilfe.«
»Kannst du dich für ihn verbürgen?«, fragte der Wächter streng.
»Ja.«
»Dann ist auch Darren Shan uns von nun an bekannt.« Die Spitze der Waffe zeigte jetzt auf Harkat. »Aber *der da* ist kein Vampir. Was hat er auf dem Konzil zu suchen?«
»Er heißt Harkat Mulds und gehört zu den Kleinen Leuten. Er ...«
»Ein Kleiner Kerl!« Der Grüngekleidete schnappte nach Luft und ließ sofort den Speer sinken. Er ging in die Hocke und musterte flüchtig Harkats Gesicht (der Kleine Kerl hatte seine

Kapuze im Bergesinneren wieder abgesetzt, um im Dämmerlicht besser sehen zu können). »Ziemlich hässlicher Bursche«, sagte der Wachposten. Wäre er nicht bewaffnet gewesen, hätte ich ihn für diese taktlose Bemerkung zurechtgewiesen. »Ich dachte immer, die Kleinen Leute könnten nicht sprechen.«

»Das dachten wir auch«, sagte mein Herr und Meister zustimmend. »Aber wir wurden eines Besseren belehrt. Dieser hier kann jedenfalls sprechen. Er hat den Auftrag, den Fürsten persönlich eine Botschaft zu überbringen.«

»Eine Botschaft?« Der Wächter kratzte sich mit der Speerspitze am Kinn. »Von wem?«

»Von Salvatore Schick«, antwortete Mr. Crepsley.

Der Torwächter erbleichte, nahm Haltung an und sagte hastig: »Der Kleine Kerl namens Harkat Mulds ist uns von nun an bekannt. Euch allen stehen die Hallen offen. Tretet ein und gehabt euch wohl.«

Er machte Platz und ließ uns durch. Die Tür schloss sich wieder, und unsere Reise zu den Hallen der Vampire war beendet.

KAPITEL 12

Ein anderer grün gekleideter Wächter geleitete uns zur Osca-Velm-Halle, in der die Neuankömmlinge begrüßt wurden (die meisten Hallen waren nach berühmten Vampiren benannt). Bei dieser hier handelte es sich um eine eher kleine Höhle, deren grob behauene Wände von jahrhundertealtem Schmutz und Ruß geschwärzt waren. Mehrere Feuer sorgten für Licht und Wärme, und die Luft war angenehm verräuchert (der Qualm der Feuerstellen zog nur langsam durch die natürlichen Spalten im Felsen ab). Außerdem standen ein paar grob gezimmerte Bänke und Tische mit aus großen Tierknochen geschnitzten Beinen herum, an denen die müden Reisenden sich ausruhen und etwas essen konnten. An den Wänden hingen handgeflochtene Körbe mit Schuhen, aus denen sich jeder bedienen durfte. In eine Wand war eine große, schwarze Steinplatte eingelassen, in die der Name jedes Besuchers eingeritzt wurde, so dass man feststellen konnte, wer schon da war. Als wir uns gerade an einem der langen Holztische niederließen, stieg ein Vampir auf die Leiter und setzte unsere Namen auf die Liste. Hinter Harkats Namen schrieb er in Klammern ›Kleiner Kerl‹.

Außer uns waren in der ruhigen Halle nur wenige Vampire: noch ein paar andere Neuankömmlinge und einige grün uniformierte Wachen. Ein Vampir mit langem Haar und nacktem Oberkörper trat mit zwei runden Fässern an unseren Tisch. Das eine war randvoll mit harten Brotlaiben, das andere zur Hälfte mit knorpeligen, teils rohen, teils gebratenen Fleischstücken gefüllt.

Wir nahmen uns aus beiden Behältern, so viel wir wollten, legten das Essen einfach vor uns auf den Tisch (Teller gab es nicht) und rissen uns mit Fingern und Zähnen Brocken heraus. Kurz darauf kam der Vampir mit drei großen Krügen voller Menschenblut, Wein und Wasser zurück. Ich fragte nach einem Becher, aber Gavner erklärte mir, dass man direkt aus dem Krug trank. Das war gar nicht so einfach, wie es sich anhörte. Beim ersten Versuch lief mir das Wasser über das Kinn bis auf die Brust, aber es machte viel mehr Spaß, als aus einem Becher zu trinken.

Das Brot war altbacken, aber der Vampir brachte uns Schalen mit heißer Suppe (die Gefäße waren aus verschiedenen Tierschädeln geschnitzt), und wenn man ein Stück Brot abbrach und es in die dunkle, dicke Flüssigkeit tunkte, schmeckte es gar nicht so übel. »Lecker«, brachte ich mit vollem

Mund hervor, während ich meine dritte Scheibe Brot mampfte.
»Wirklich köstlich«, pflichtete Gavner mir bei, der schon die fünfte Scheibe verschlang.
»Warum essen Sie keine Suppe?«, fragte ich Mr. Crepsley, der sein Brot trocken aß.
»Ich mache mir nichts aus Fledermauseintopf«, gab er zurück.
Meine Hand erstarrte auf halbem Weg zwischen Schüssel und Mund, das voll gesogene Stück Brot fiel auf den Tisch. *»Fledermauseintopf?«*, kreischte ich schrill.
»Na klar«, schmatzte Gavner. »Was hast du denn gedacht?«
Ich starrte in meine Schüssel. Es war ziemlich schummrig in der Höhle, aber als ich genauer hinsah, entdeckte ich, dass ein dunkler, ledriger Flügel aus der dunklen Flüssigkeit ragte. »Ich glaube, mir wird übel«, ächzte ich.
»Sei nicht albern«, schnaubte Gavner naserümpfend. »Als du noch nicht wusstest, was es ist, hat es dir prima geschmeckt. Schluck's einfach runter und stell dir vor, es wäre eine schöne, frische Hühnersuppe. Hier kriegst du noch ganz andere Dinge vorgesetzt, bevor wir wieder abreisen.«
Ich schob die Schüssel beiseite. »Ich bin sowieso schon satt«, murmelte ich. Ich warf einen Blick zu Harkat hinüber, der gerade seine Schüssel mit der

letzten Brotscheibe auswischte. »Macht es dir nichts aus, Fledermäuse zu essen?«, fragte ich.
Harkat zuckte die Achseln. »Ich hab keine … Geschmacksknospen. Für mich schmeckt … alles gleich.«
»Du schmeckst *überhaupt* nichts?«
»Fledermauseintopf … Hundefleisch … Schlamm … kein Unterschied. Ich habe … auch keinen … Geruchssinn. Deswegen auch … keine Nase.«
»Das wollte ich dich immer schon mal fragen«, warf Gavner ein. »Wenn du ohne Nase nichts riechst, wie kannst du dann ohne Ohren hören?«
»Ich habe … Ohren«, stammelte Harkat. »Unter … der Haut.« Er zeigte auf zwei Stellen neben seinen grünen Augen (er hatte die Kapuze immer noch nicht wieder aufgesetzt).
Gavner lehnte sich neugierig über den Tisch. »Da sind sie ja!«, rief er begeistert aus, und wir alle beugten uns vor. Harkat machte es nichts aus, angeglotzt zu werden – im Gegenteil, er genoss die allgemeine Aufmerksamkeit. Seine ›Ohren‹ sahen aus wie getrocknete Datteln und waren unter der grauen Haut kaum zu erkennen.
»Und du kannst damit hören, obwohl Haut darüber gespannt ist?«, vergewisserte sich Gavner noch einmal.
»Ich kann … gut hören«, bestätigte die Blaukutte. »Nicht so gut wie ein … Vampir. Jedoch besser … als ein Mensch.«

»Wie kommt es dann, dass du zwar Ohren, aber keine Nase hast?«, forschte ich weiter.

»Meister Schick … hat mir keine … gegeben. Hab nie … gefragt, wieso … nicht. Vielleicht … wegen Luft. Bräuchte … noch eine Maske … für Nase.«

Es war eine komische Vorstellung, dass Harkat weder die stickige Luft in der Halle riechen noch die Suppe schmecken konnte. Kein Wunder, dass die Kleinen Leute sich nie beschwert hatten, wenn ich ihnen verfaultes, stinkendes Aas zum Mittagessen angeschleppt hatte.

Ich wollte Harkat gerade eingehender über seine eingeschränkten Sinneswahrnehmungen ausfragen, als ein Vampir in altmodischer, roter Kleidung gegenüber von Mr. Crepsley Platz nahm und ihn ansprach: »Ich erwarte dich schon seit Wochen«, sagte er. »Was hat dich so lange aufgehalten?«

»Seba!«, rief mein Meister erfreut aus und sprang auf, um den Älteren zu umarmen. Ich war verblüfft. Ich hatte Mr. Crepsley seine Zuneigung noch nie so offen zeigen sehen. Als er den Vampir wieder losließ, strahlte er übers ganze Gesicht. »Lange nicht gesehen, alter Freund.«

»Viel zu lange«, stimmte sein Gegenüber zu. »Ich habe mich die ganze Zeit auf deine Aura konzentriert, weil ich hoffte, dass du schon im Anmarsch bist. Als ich deine Schwingungen endlich lokalisiert hatte, konnte ich es kaum glauben.«

Dann fiel sein Blick auf Harkat und mich. Sein Gesicht war zwar runzlig und sein Rücken vom Alter gebeugt, doch seine Augen leuchteten so feurig wie die eines jungen Mannes. »Willst du mir nicht deine Freunde vorstellen, Larten?«, fragte er.

»Selbstverständlich«, erwiderte Mr. Crepsley rasch. »Gavner Purl kennst du ja schon.«

»Gavner«, wiederholte der Ältere und nickte.

»Seba«, entgegnete der Obervampir.

»Und das hier ist Harkat Mulds«, fuhr mein Lehrer fort.

»Ein Kleiner Kerl«, staunte Seba. »Seit Meister Schick uns seinerzeit besucht hat, habe ich keine Kleinen Leute mehr gesehen. Aber damals war ich noch ein Kind. Sei mir gegrüßt, Harkat Mulds.«

»Hallo«, erwiderte Harkat.

Seba blinzelte überrascht. »Er kann *sprechen?«*

»Warte nur, bis du hörst, was er zu sagen hat!«, meinte Mr. Crepsley mit ernster Miene. Dann drehte er sich zu mir um und stellte mich vor: »Das ist mein Gehilfe Darren Shan.«

»Sei mir ebenfalls gegrüßt, Darren Shan«, wandte sich Seba nun freundlich an mich, musterte meinen Meister jedoch befremdet. »Du und ein Gehilfe, Larten?«

»Ich weiß, ich weiß«, hüstelte der Angesprochene betreten. »Ich habe immer gesagt, ich würde mir niemals einen zulegen.«

»Und dazu noch einen so jungen«, setzte Seba hinzu. »Die Fürsten werden nicht gerade erfreut sein.«

»Wahrscheinlich nicht«, seufzte Mr. Crepsley bedrückt. Aber dann gab er sich einen Ruck. »Darren, Harkat: Das ist Seba Nile, unser Quartiermeister. Lasst euch nicht von seinem Alter täuschen – er ist so gerissen, gewitzt und schnell wie nur irgendein Vampir. Mit dem Burschen ist nicht zu spaßen.«

»Wie du selbst aus Erfahrung nur zu gut weißt«, gluckste Seba belustigt. »Erinnerst du dich noch daran, wie du mir ein halbes Fass von meinem besten Wein stehlen und durch billigen Fusel ersetzen wolltest?«

»Seba, bitte«, murmelte Mr. Crepsley verlegen. »Damals war ich jung und dumm. Du brauchst es mir nicht jedes Mal wieder unter die Nase zu reiben.«

»Was ist denn damals vorgefallen?«, fragte ich, jetzt erst recht neugierig.

»Erzähl's ihm, Larten«, sagte der Ältere, und mein Meister gehorchte widerspenstig wie ein gescholtenes Kind.

»Seba ist mir zuvorgekommen«, brummte er. »Er hat das Fass heimlich geleert und mit Essig aufgefüllt. Bevor ich etwas merkte, hatte ich schon eine halbe Flasche ausgetrunken. Ich musste mich die halbe Nacht übergeben.«

»Ehrlich?« Gavner brach in schallendes Gelächter aus.
»Wie gesagt: Ich war jung«, brummte Mr. Crepsley. »Ich wusste es nicht besser.«
»Aber es ist dir eine Lehre gewesen, nicht wahr, Larten?«, bemerkte Seba.
»Allerdings.« Mr. Crepsley lächelte wieder. »Seba war mein Lehrmeister. Fast alles, was ich weiß und kann, hat er mir beigebracht.«
Ich hörte schweigend zu, wie die drei Vampire weiter über alte Zeiten plauderten und dabei allerlei Namen von Personen und Orten, die mir nichts sagten, erwähnten. Nach einer Weile lehnte ich mich zurück und ließ den Blick durch die Höhle schweifen. Ich beobachtete den flackernden Widerschein des Feuers und die Form der Rauchwolken, und erst als Mr. Crepsley mich sanft schüttelte und ich die Augen aufriss, merkte ich, dass ich beinahe eingeschlafen wäre.
»Der Junge ist müde«, meinte Seba nachsichtig.
»Er hat die Reise zum ersten Mal mitgemacht«, erklärte Mr. Crepsley. »Er ist solche Strapazen nicht gewöhnt.«
»Kommt«, sagte der ältere Vampir und erhob sich. »Ich zeige euch ein paar freie Zimmer. Darren ist nicht der Einzige, der sich ausruhen muss. Wir können uns morgen weiter unterhalten.«
Als Quartiermeister des Berges war Seba für die Vorräte und die Schlafräume zuständig. Er hatte

dafür zu sorgen, dass Essen, Getränke und Blut für alle ausreichten und jeder Vampir einen Schlafplatz hatte. Ihm stand zwar eine Hilfstruppe von anderen Vampiren zur Verfügung, aber er war der Boss. Mit Ausnahme der Fürsten war Seba der angesehenste Vampir im ganzen Berg.
Unterwegs zu den Schlafgemächern winkte er mich zu sich. Er zeigte mir die anderen Hallen, an denen wir vorbeikamen und nannte ihre Namen. Die meisten konnte ich nicht einmal aussprechen oder behalten, geschweige denn mir einprägen, welchen Zwecken die verschiedenen Räumlichkeiten dienten.
»Es wird eine Weile dauern, bis du dich eingewöhnt hast«, tröstete Seba mich, als er meine Verwirrung bemerkte. »Die ersten paar Nächte kommst du dir bestimmt ziemlich fremd vor. Aber bald fühlst du dich hier wie zu Hause.«
In dem Gewirr der Gänge, die von den Hallen zu den Schlafräumen führten, herrschte trotz der Fackeln klamme Kälte, aber die kleinen Zimmer – allesamt in den Fels gehauene Nischen – waren hell und warm und wurden jeweils von einer großen Fackel erleuchtet. Seba fragte, ob wir uns lieber ein großes Schlafzimmer teilen wollten oder getrennte Räumlichkeiten vorzogen.
»Getrennt«, erwiderte mein Meister wie aus der Pistole geschossen. »Ich habe die Nase voll von Gavners Geschnarche.«

»Na, das ist ja reizend!«, schmollte der Obervampir beleidigt.

»Harkat und ich vertragen uns gut, stimmt's?«, warf ich hastig ein. Die Vorstellung, an einem so merkwürdigen Ort allein zu schlafen, gefiel mir gar nicht.

»Ist ... mir recht«, stimmte der Kleine Kerl zu.

Statt mit Betten waren die Räume mit Särgen ausgestattet, doch als Seba meine finstere Miene bemerkte, meinte er lachend, ich könne auch eine Hängematte bekommen. »Morgen schicke ich einen meiner Mitarbeiter vorbei«, versprach er. »Sagt ihm einfach, was ihr braucht, und er bringt es euch. Meine Gäste sollen sich schließlich wohl fühlen.«

»Danke«, erwiderte ich erleichtert.

Seba wollte schon wieder gehen, aber Mr. Crepsley hielt ihn zurück. »Warte«, bat er. »Ich möchte dir noch etwas zeigen.«

»Ja?«

»Darren«, forderte Mr. Crepsley mich auf. »Hol Madame Octa.«

Als Seba Nile die Spinne erblickte, schnappte er nach Luft und starrte wie hypnotisiert auf den Käfig. »O Larten«, ächzte er. »Was für ein prächtiges Tier!« Er nahm mir den Käfig mit übertriebener Vorsicht aus der Hand und öffnete die Tür.

»Halt!«, rief ich warnend. »Nicht rauslassen – sie ist giftig!«

Seba lächelte nur und langte in den Käfig. »Bis jetzt bin ich noch mit jeder Spinne klargekommen«, beruhigte er mich.
»Aber ...«, hob ich an.
»Ist schon gut, Darren«, unterbrach mich mein Meister. »Seba weiß, was er tut.«
Der alte Vampir lockte die Spinne auf seinen Finger und hob sie aus dem Behältnis. Sie ließ sich mit angezogenen Beinen in seiner Handfläche nieder. Seba beugte sich über sie und pfiff leise. Madame Octas Beine zuckten, und aus ihrem gespannten Blick schloss ich, dass der Vampir sich gedanklich mit ihr verständigte.
Dann hörte Seba auf zu pfeifen, woraufhin Madame Octa seinen Arm entlang bis zur Schulter krabbelte und es sich auf seinem Kinn bequem machte. Ich konnte es nicht fassen! Wenn ich mit ihr arbeitete, durfte ich keine Sekunde aufhören zu pfeifen – noch dazu mit einer Flöte, nicht mit den Lippen – und musste mich ununterbrochen darauf konzentrieren, dass sie mich nicht biss, aber bei Seba war sie zahm wie ein schnurrendes Kätzchen.
»Sie ist wunderbar«, murmelte der Alte und streichelte sie behutsam. »Wenn wir mal Zeit haben, musst du mir unbedingt mehr über dieses Exemplar erzählen. Ich dachte immer, ich kenne sämtliche Arten, die es gibt, aber so eine ist mir noch nie untergekommen.«

»Ich wusste doch, dass sie dir gefallen würde«, strahlte sein Freund. »Deshalb habe ich sie ja mitgebracht. Ich möchte sie dir schenken.«

»Du willst dich von so einer wunderbaren Spinne trennen?«

»Für dich ist mir nichts zu kostbar, alter Freund.« Seba lächelte Mr. Crepsley an und betrachtete wieder Madame Octa. Dann schüttelte er bedauernd den Kopf. »Ich kann dein Geschenk leider nicht annehmen«, seufzte er. »Ich bin alt und nicht mehr so gut in Form wie früher. Ich brauche stundenlang für Arbeiten, die ich sonst im Handumdrehen erledigt habe. Mir fehlt einfach die Zeit, mich um ein so exotisches Haustier zu kümmern.«

»Bist du sicher?«, fragte mein Meister enttäuscht.

»Ich würde dein Angebot liebend gern annehmen, aber es geht wirklich nicht.« Er setzte Madame Octa in den Käfig zurück und händigte ihn mir wieder aus. »Nur junge Leute haben genug Energie, eine Spinne dieser Größenordnung angemessen zu versorgen. Pass gut auf sie auf, Darren: Sie ist ein schönes und seltenes Exemplar.«

»Ich werde sie wie meinen Augapfel hüten«, versicherte ich. Auch ich hatte die Spinne früher einmal wunderschön gefunden, bis sie meinen besten Freund biss, was wiederum indirekt dazu führte, dass ich ein Halbvampir wurde.

»Jetzt muss ich aber wirklich gehen«, riss Seba

sich los. »Ihr seid schließlich nicht die einzigen Neuankömmlinge. Bis später.«

Die kleinen Kammern hatten keine Türen. Mr. Crepsley und Gavner wünschten Harkat und mir angenehme Ruhe, bevor sie sich in ihre Särge zurückzogen. Wir gingen in unser Zimmer und musterten unsere Schlafgelegenheiten.

»Ich glaube nicht, dass du es darin bequem hast«, meinte ich zu Harkat.

»Macht ... nichts. Ich kann ... auf dem Boden ... schlafen.«

»Na dann bis morgen früh.« Ich sah mich noch einmal in der Höhle um. »Oder bis morgen Nacht? Das kann man hier drin nicht so genau sagen.«

Ich legte mich nur ungern in den Sarg, tröstete mich aber damit, dass es ja nur für dieses eine Mal war. Den Deckel ließ ich offen und starrte an die graue Felsdecke über mir. Nach all den aufregenden neuen Eindrücken rechnete ich nicht damit, jemals einzuschlafen, aber nach wenigen Minuten war ich weggetreten und schlummerte so tief und fest wie seinerzeit in meiner Hängematte im Cirque du Freak.

KAPITEL 13

Als ich aufwachte, stand Harkat mit weit aufgerissenen grünen Augen neben seinem Sarg. Ich reckte mich gähnend und wünschte ihm einen guten Morgen.

Er antwortete nicht sofort, schüttelte dann den Kopf und sah mich an. »Guten Morgen«, erwiderte er.

»Bist du schon lange wach?«, fragte ich.

»Grade erst … aufgewacht. Als du … mich angesprochen hast. Hab … im Stehen geschlafen.«

Ich runzelte die Stirn. »Aber deine Augen waren offen.«

Der Kleine Kerl nickte. »Sind … immer offen. Hab keine … Wimpern oder Lider. Kann sie … nicht zumachen.«

Je länger ich Harkat kannte, desto mehr staunte ich über ihn! »Heißt das etwa, dass du alles um dich herum siehst, während du schläfst?«

»Ja, aber ich … kümmer mich … nicht drum.«

Jetzt erschien Gavner im Eingang unserer Kammer. »Marsch aus den Federn, Jungs«, polterte er. »Die Nacht ist schon angebrochen. Es gibt viel zu tun. Hat einer von euch Appetit auf eine Schüssel Fledermauseintopf?«

Ich erkundigte mich nach der Toilette. Gavner führte mich zu einer kleinen Tür, in die die Buchstaben ›WC‹ eingeritzt waren. »Was bedeutet das denn?«, erkundigte ich mich vorsichtshalber.

»Wasserklosett – was denn sonst?«, erwiderte er und setzte hinzu: »Pass auf, dass du nicht reinfällst.«

Ich hielt es für einen Witz, aber als ich die Tür öffnete, stellte ich fest, dass es eine ernst gemeinte Warnung war: Es gab keinen Toilettensitz, sondern nur ein rundes Loch im Boden, unter dem gurgelnd ein unterirdischer Fluss dahinströmte. Ich starrte auf das Loch – es war nicht so groß, dass ein Erwachsener hineinfallen konnte, aber ich hätte vielleicht gerade hindurchgepasst –, und ein Schauder überlief mich, als ich in das tiefe, dunkle Wasser blickte. Ich scheute davor zurück, mich über die Öffnung zu hocken, aber mir blieb wohl nichts anderes übrig.

»Sehen hier alle Toiletten so aus?«, fragte ich, als ich wieder herauskam.

»Ja«, bestätigte Gavner belustigt. »Es ist die einfachste Lösung. Aus diesem Berg entspringen mehrere große Flüsse. Die Toiletten wurden einfach über ihren Quellen errichtet. Das Wasser transportiert alles ab.«

Anschließend führte Gavner Harkat und mich

zur Khledon-Lurt-Halle. Seba hatte mich bereits bei unserer Ankunft darauf hingewiesen, dass dort die Mahlzeiten serviert wurden. Er hatte mir auch erzählt, dass Khledon Lurt ein berühmter Obervampir war, der starb, als er seinen Kameraden in der Schlacht gegen die Vampyre das Leben rettete.

Vampire erzählten gern von ihren Vorfahren. Nur wenige dieser Geschichten waren schriftlich niedergelegt, die meisten wurden von Generation zu Generation mündlich weitergegeben, wenn die Vampire bei Tisch oder um ein Feuer saßen.

Von der Decke der Khledon-Lurt-Halle hingen rote Tücher, weitere Tücher verhüllten die Wände, und in der Mitte ragte ein großes Standbild des Helden auf, das wie die meisten Kunstgegenstände im Berg aus Tierknochen geschnitzt war. Der Saal wurde von riesigen Fackeln erleuchtet, und als wir ankamen, waren schon fast alle Plätze besetzt. Gavner, Harkat und ich saßen mit Mr. Crepsley, Seba Nile und einer Menge Vampire, die ich nicht kannte, an einem Tisch. Sie unterhielten sich ziemlich laut in rauem Ton. Die meisten Gespräche drehten sich um Kämpfe und andere Heldentaten.

Zum ersten Mal sah ich so viele Vampire auf einmal, und ich kam vor lauter Beobachten kaum zum Essen. Eigentlich wirkten sie nicht viel anders als Menschen, abgesehen davon, dass viele von ihnen aus Kämpfen und den Widrigkeiten ihres harten Lebens etliche Narben davongetragen hatten. Außerdem war kein Einziger von ihnen sonnengebräunt, aber das versteht sich wohl von selbst!

Allerdings müffelten sie ziemlich. Sie benutzten keinerlei Deodorant, nur einige trugen Ketten aus Wildblumen oder duftenden Kräutern um den Hals. In der Menschenwelt waschen sich Vampire zwar regelmäßig – schließlich könnte der Körpergeruch Vampirjäger auf ihre Spur führen –, aber hier im Berg hielten sie sich mit solchem Luxus nicht auf. Die Hallen waren ohnehin so schmutzig und verrußt, dass alle Mühe umsonst gewesen wäre.

Zuerst bemerkte ich überhaupt keine Frauen. Aber nachdem ich mich eine Weile umgeschaut hatte, entdeckte ich in einer entfernten Ecke eine und dann noch eine zweite, die das Essen auftrug. Die übrigen Vampire waren alles Männer. Es gab auch kaum ältere Leute: Seba schien unter den Anwesenden der Betagteste zu sein. Ich fragte ihn, woran das lag.

»Vampire erreichen nur selten ein hohes Alter«, erwiderte er. »Wir leben zwar viel länger als Menschen, aber in Vampirjahren gerechnet, wird kaum einer von uns älter als sechzig oder siebzig.«

»Das verstehe ich nicht.«
»Vampire berechnen ihr Alter auf zwei Arten«, erläuterte er, »in Erdenjahren und in Vampirjahren. Das Vampiralter ist das physische Alter: Körperlich gesehen bin ich ungefähr achtzig Jahre alt. Das Erdenalter bemisst sich danach, wie lange man schon Vampir ist. Als ich angezapft wurde, war ich noch ein kleiner Junge, und so gerechnet bin ich siebenhundert Jahre alt.«
Siebenhundert! Das war unglaublich.
»Auch wenn viele Vampire nach Erdenjahren bemessen mehrere hundert Jahre alt werden«, fuhr Seba fort, »erreichen die meisten in Vampirjahren gerechnet gerade mal die sechzig.«
»Woran liegt das?«
»Wir Vampire führen ein anstrengendes Leben. Wir gehen immer wieder bis an unsere Grenzen und stellen uns ständig neuen Herausforderungen, die Kraft, Klugheit und Mut erfordern. Kaum einer von uns sitzt in Morgenrock und Pantoffeln im Lehnstuhl und wird in Frieden alt. Wenn Vampire zu betagt sind, um noch für sich selbst sorgen zu können, suchen sie lieber freiwillig den Tod, als sich von ihren Freunden helfen zu lassen.«
»Aber wie sind *Sie* dann so alt geworden?«, erkundigte ich mich.
»Darren!«, zischte Mr. Crepsley und funkelte mich warnend an.

»Schimpf nicht mit dem Jungen, Larten. Ich finde seine Neugier erfrischend. Ich habe mein hohes Alter meiner Stellung zu verdanken«, setzte Seba zu mir gewandt hinzu. »Vor vielen Jahren forderte man mich auf, das Amt des Quartiermeisters zu übernehmen. Dieser Posten ist nicht besonders begehrt, denn er bringt es mit sich, dass man den Berg fast nie verlässt, außer gelegentlich zum Jagen oder Kämpfen. Aber der Quartiermeister ist eine wichtige und angesehene Persönlichkeit. Es wäre sehr unhöflich gewesen, dieses Angebot auszuschlagen. Draußen im Freien wäre ich bestimmt längst umgekommen, aber wer sich auf Grund gewisser Umstände gar nicht erst in Gefahr begeben kann, lebt oft länger als andere.«

»Ich finde das alles ziemlich verrückt«, meinte ich. »Warum sind Vampire bloß so versessen auf ein möglichst hartes Leben?«

»Das ist eben unsere Natur«, entgegnete Seba. »Außerdem steht uns mehr Lebenszeit zur Verfügung als den Menschen, deshalb kommt es uns auf ein paar Jahre mehr oder weniger nicht so an. Wenn ein sechzigjähriger Mann, in Vampirjahren gerechnet, als Zwanzigjähriger angezapft wurde, hat er bereits über vierhundert Erdenjahre gelebt. Nach so langer Zeit wird man des Ganzen allmählich überdrüssig.«

Es fiel mir schwer, die Sache von diesem Standpunkt aus zu betrachten. Aber vielleicht dachte ich ja später genauso, wenn ich meine ersten zweihundert Jährchen auf dem Buckel hatte!

Gavner stand auf, bevor wir mit dem Essen fertig waren, und meinte, er müsse jetzt gehen. Er forderte Harkat auf, ihn zu begleiten.

»Wohin wollen Sie?«, fragte ich.

»In die Fürstenhalle«, antwortete er. »Ich muss den Fürsten von den beiden Toten, die wir unterwegs entdeckt haben, Bericht erstatten. Außerdem möchte ich ihnen bei dieser Gelegenheit gleich Harkat vorstellen, damit er endlich seine Botschaft loswerden kann. Je früher wir das hinter uns bringen, desto besser.«

Als sie fort waren, fragte ich Mr. Crepsley, warum wir nicht mitgegangen waren. »Es steht uns nicht zu, den Fürsten unaufgefordert unsere Aufwartung zu machen«, erklärte mein Meister. »Gavner ist ein Oberer und kann um eine Audienz ersuchen. Wir gewöhnlichen Vampire müssen abwarten, bis die Fürsten uns von sich aus rufen lassen.«

»Aber Sie waren doch selbst einmal Obervampir«, erinnerte ich ihn. »Die Fürsten hätten sicher nichts dagegen, wenn Sie kurz vorbeischauen würden, um mal eben Hallo zu sagen, oder?«

»O doch«, knurrte Mr. Crepsley. Dann nickte er Seba seufzend zu: »Für einen Schüler ist er ziemlich schwer von Begriff.«

Seba lachte. »Und *du* für einen Lehrer. Du hast offenbar schon vergessen, wie heftig du selbst dich gegen unsere Regeln und Gesetze aufgelehnt hast, als du frisch angezapft warst. Ich erinnere mich noch gut an jene Nacht, in der du in mein Zimmer gestürmt bist und geschworen hast, du würdest nie im Leben Obervampir werden. Die Obervampire seien allesamt rückständige Dummköpfe, und wir sollten endlich in die Zukunft blicken, statt uns immer nur mit der Vergangenheit zu beschäftigen.«

»So etwas habe ich nie gesagt!«, protestierte Mr. Crepsley empört.

»Aber sicher«, nickte Seba unbeirrt. »Und noch einiges andere! Du warst ein richtiger Hitzkopf, und ich zweifelte manchmal daran, ob du wohl jemals Vernunft annehmen würdest. Oft war ich kurz davor, dich aus meiner Verantwortung zu entlassen, aber ich tat es dann doch nicht. Ich habe dich deine Fragen stellen und deinen Zorn austoben lassen, und mit der Zeit hast du begriffen, dass du nicht in allem Recht hattest, sondern auch so manches für die alten Bräuche spricht.

Schüler wissen ihre Lehrer nie zu schätzen, solange sie noch in der Ausbildung sind. Erst später, wenn sie in der Welt herumkommen, begreifen sie, was sie ihnen zu verdanken haben. Ein guter Lehrer erwartet weder Anerkennung noch Zuneigung von seinem Schüler. Er wartet ab, bis der Schüler von selbst seine Einstellung ändert.«

»Willst du mir etwa eine Standpauke halten?«, fragte Mr. Crepsley.

Seba lächelte. »Du bist ein guter Vampir, Larten, aber über die Aufgaben eines Lehrers musst du noch viel lernen. Sei nicht immer sofort mit Kritik bei der Hand. Akzeptiere Darrens Fragen und seinen Eigensinn. Antworte geduldig und weise ihn nicht zurecht, wenn er etwas anders beurteilt als du. Nur so kann er sich entwickeln und erwachsen werden, genau wie du seinerzeit.«

Zu hören, wie der Alte meinem Meister einen Dämpfer verpasste, bereitete mir ein diebisches Vergnügen. Ich mochte den Vampir mittlerweile sehr gern, aber seine Überheblichkeit ging mir manchmal ziemlich auf die Nerven. Endlich klopfte ihm mal jemand auf die Finger!

»Grins nicht so«, fuhr er mich an, als er mein Gesicht sah.

»Na, na«, sagte ich tadelnd. »Sie haben doch gehört, was Mr. Nile gesagt hat – Sie sollen *geduldig* sein und versuchen, mich zu *verstehen.«*

Mr. Crepsley bekam einen roten Kopf und holte gerade tief Luft, um mich anzubrüllen, als Seba diskret hüstelte. Der Vampir blickte seinen ehemaligen Lehrmeister an, sackte in sich zusammen und grinste dümmlich. Dann bat er mich betont höflich, ihm das Brot zu reichen.

»Mit dem größten Vergnügen, Larten«, antwortete ich spöttisch, und wir drei lachten leise in uns hinein, während die anderen Vampire um uns herum lärmend durcheinander brüllten, Anekdoten zum Besten gaben und derbe Witze rissen.

KAPITEL 14

Nach dem Frühstück gingen Mr. Crepsley und ich duschen, weil wir von der Reise ziemlich schmutzig waren. Er meinte zwar, hier im Berg nähme auch er es mit der Reinlichkeit nicht so genau, trotzdem sei eine Dusche zu Beginn unseres Aufenthaltes keine schlechte Idee. Die Perta-Vin-Grahl-Halle war eine geräumige Höhle mit mehreren bescheidenen Stalaktiten und zwei natürlichen Wasserfällen gleich rechts neben dem Eingang. Das Wasser stürzte aus großer Höhe in ein von Vampirhand geschaffenes Becken und floss durch ein Loch im hinteren Teil des Gewölbes wieder ab, um sich mit den anderen unterirdischen Flüssen zu vereinen.

»Na, wie findest du die Wasserfälle?«, fragte Mr. Crepsley mit lauter Stimme, um das Getöse des Wassers zu übertönen.

Ich bewunderte gerade, wie sich der Fackelschein funkelnd in den Kaskaden brach. »Sehr schön«, brüllte ich zurück. »Aber wo sind die Duschen?«

Mr. Crepsley grinste schadenfroh, und mir dämmerte es endlich.

»Kommt nicht in Frage!«, protestierte ich energisch. »Das Wasser ist bestimmt eiskalt!«
»Allerdings«, erwiderte der Vampir gelassen und entledigte sich seiner Kleider. »Aber andere Waschgelegenheiten gibt es hier nicht.«
Bevor ich etwas erwidern konnte, ging er zu einem der Wasserfälle und stellte sich in die Gischt. Der Anblick allein ließ mich frösteln, aber zum einen hatte ich eine Dusche dringend nötig, zum anderen würde mein Meister sich während unseres ganzen Aufenthaltes über mich lustig machen, wenn ich mich jetzt drückte. Also schlüpfte ich aus meinen Klamotten, trat an den Beckenrand, streckte den großen Zeh hinein – brrr! –, machte einen beherzten Satz und ergab mich dem Guss des Wasserfalls.
»Himmel noch mal!«, japste ich, als der eisige Strahl auf mich niederprasselte. »Das ist ja die reinste Folter!«
»Jetzt begreifst du vielleicht, warum wir Vampire uns hier unten so selten waschen!«, brüllte mein Meister zurück.
»Gibt es etwa auch ein Gesetz, das warmes Wasser verbietet?«, rief ich schrill und schrubbte mir wie verrückt Brust, Rücken und Achselhöhlen, um möglichst schnell fertig zu sein.
»Nicht direkt«, entgegnete Mr. Crepsley, trat aus seinem Becken, fuhr sich mit der Hand durch das orangerote Stoppelhaar und schüttelte sich dann

wie ein nasser Hund. »Aber schließlich ist kaltes Wasser für alle anderen Geschöpfe der Wildnis gut genug, deshalb erwärmen wir es absichtlich nicht, jedenfalls nicht hier, im Herzen unseres Heimatlandes.«

Neben den Becken lag ein Stapel rauer Handtücher bereit. Ich trat unter dem Wasserstrahl hervor, schnappte mir zwei davon und wickelte mich sofort hinein. Ein paar Minuten lang kam es mir vor, als sei mein Blut zu Eis geworden, dann ließ das taube Gefühl nach, und ich genoss die Wärme der dicken Tücher.

»Himmlisch«, kommentierte Mr. Crepsley und rubbelte sich trocken.

»Ich finde es eher teuflisch«, grummelte ich, aber insgeheim hatte mir diese primitive Duschmethode Spaß gemacht.

Während wir uns wieder anzogen, musterte ich die felsigen Wände und die Decke der Halle und überlegte, wie alt sie wohl sein mochte. Schließlich fragte ich Mr. Crepsley danach.

»Man weiß nicht genau, wann die ersten Vampire hierher kamen oder wie sie den Berg überhaupt entdeckten. Die ältesten Gebrauchsgegenstände sind über dreitausend Jahre alt, aber dem Anschein nach wurden die Höhlen lange Zeit nur gelegentlich genutzt, und dann auch nur von kleinen Gruppen umherziehender Vampire.

Vor etwa vierzehnhundert Jahren wurde der Berg

zur ständigen Basis ausgebaut. Damals ließen sich die ersten Fürsten hier nieder, um Ratsversammlungen abzuhalten. Seither wurden die Hallen ständig erweitert. Sogar heute noch höhlen Vampirtruppen immer neue Gewölbe aus, erweitern alte und graben neue Gänge in den Fels. Es ist eine anstrengende und langwierige Arbeit, denn Hilfswerkzeuge sind nicht gestattet – aber wir haben ja Zeit genug.«

Als wir die Perta-Vin-Grahl-Halle wieder verließen, hatte sich die Kunde von Harkats Botschaft bereits wie ein Lauffeuer verbreitet. Wie befohlen, hatte er den Vampirfürsten ausgerichtet, dass die Nacht des Lords der Vampyre nahe sei, was alle in helle Aufregung versetzte. Die Vampire wuselten wie aufgescheuchte Ameisen durch die Gänge, gaben die Nachricht an jene weiter, die sie noch nicht mitbekommen hatten, redeten sich die Köpfe heiß und schmiedeten die abwegigsten Pläne, wie man am besten ausschwärmte und sämtliche Vampyre, die einem über den Weg liefen, niedermetzelte.

Mr. Crepsley hatte mir eigentlich noch eine Führung durch die übrigen Hallen versprochen, verschob sie aber wegen des allgemeinen Tumults. Er meinte, sobald wieder Ruhe eingekehrt sei, würden wir alles nachholen. Jetzt sei die Gefahr zu groß, dass ich im Gewühl versehentlich totgetrampelt würde. Ich war zwar enttäuscht, sah aber ein, dass er Recht hatte. Es war nicht gerade der geeignete Zeitpunkt für eine Besichtigungstour.

Als wir meine Schlafnische wieder betraten, hatte ein junger Vampir die Särge bereits weggeräumt und war gerade dabei, zwei Hängematten zu befestigen. Er fragte uns, ob wir saubere Wäsche wünschten. Wir nahmen das Angebot dankend an und begleiteten ihn zu den Vorratsräumen, um uns neu einkleiden zu lassen. Die Lager des Berges waren voller Schätze: Lebensmittel, Fässer mit Blut und kistenweise Waffen, aber das alles nahm ich nur flüchtig zur Kenntnis, denn der junge Gehilfe führte uns direkt in die Kleiderkammer und ließ uns dort allein, damit wir uns etwas Passendes heraussuchen konnten.

Ich hielt nach einem Piratenkostüm Ausschau wie jenem, das ich beim Cirque du Freak getragen hatte, aber so etwas gab es leider nicht. Schließlich entschied ich mich für einen braunen Pullover und eine dunkle Hose. Mr. Crepsley kleidete sich wie üblich ganz in seine Lieblingsfarbe Rot, nur dass seine neuen Sachen schlichter geschnitten waren als sonst.

Während er seinen Umhang zurechtrückte, fiel mir auf, dass er offenbar denselben Kleidergeschmack wie Seba Nile hatte. Als ich ihn darauf ansprach, lächelte er. »Ich habe mir viel von Seba abgeschaut«, gab er zu. »Nicht nur seine Art, sich zu kleiden, sondern auch seine Art zu sprechen.

Nicht immer habe ich mich so korrekt und in wohlgesetzten Worten ausgedrückt. Als ich so alt war wie du, habe auch ich dahergeredet, wie mir der Schnabel gewachsen war. Aber die Jahre in Sebas Obhut haben mich gelehrt, erst gründlich nachzudenken, bevor ich den Mund aufmache.«

»Wollen Sie damit sagen, dass ich auch eines Tages so rede wie Sie?«, fragte ich, entsetzt über die Vorstellung, mich irgendwann so steif und geschraubt auszudrücken.

»Schon möglich«, erwiderte mein Meister, »aber ich würde meine Hand nicht dafür ins Feuer legen. Ich hatte vor Seba stets die allergrößte Hochachtung, deshalb nahm ich ihn mir zum Vorbild. Du hingegen scheinst entschlossen zu sein, immer genau das Gegenteil von dem zu machen, was ich will.«

»*So* schlimm ist es nun auch wieder nicht«, grinste ich, aber ich wusste, dass ein Körnchen Wahrheit in seinen Worten lag. Ich war schon immer ein Dickschädel gewesen. Ich bewunderte Mr. Crepsley mehr, als er ahnte, aber ich wollte kein Streber sein, der brav alles befolgt, was der Lehrer ihm sagt. Manchmal gehorchte ich dem Vampir absichtlich nicht, damit er nicht dachte, ich hörte ihm ständig zu!

»Und außerdem«, fuhr Mr. Crepsley fort, »bringe ich es sowieso nicht übers Herz, dich so zu bestrafen, wie Seba es damals mit mir getan hat.«

»Wie denn?«, fragte ich neugierig.
»Er war ein gerechter, aber strenger Lehrer«, erklärte Mr. Crepsley. »Als ich ihm gestand, dass ich so werden wolle wie er, fing er plötzlich an, auf meine Ausdrucksweise zu achten. Jedes Mal, wenn ich ›nöö!‹ oder ›weiß nich‹ oder ›is‹ sagte, riss er mir ein Nasenhaar aus.«
»Sie wollen mich wohl veralbern!«
»Leider ist es nur zu wahr«, seufzte der Vampir.
»Hat er dafür extra eine Pinzette benutzt?«
»Nein – seine Fingernägel.«
»Aua!«
Mr. Crepsley nickte. »Ich habe ihn angefleht, damit aufzuhören. Ich sagte, ich hätte es mir anders überlegt und wolle ihm nicht länger nacheifern, aber das interessierte ihn nicht. Seiner Meinung nach muss man das, was man angefangen hat, auch zu Ende bringen. Nach mehreren Monaten Quälerei hatte ich die rettende Eingebung: Ich sengte mir die Nasenhaare einfach mit einem glühenden Eisenstab weg, damit sie nicht mehr nachwuchsen – eine Methode, die ich dir allerdings nicht zur Nachahmung empfehlen würde.«
»Und dann?«
Der Vampir errötete. »Danach riss Seba mir die Haare an einer noch empfindlicheren Stelle aus.«
»Wo denn?«, hakte ich nach.
Sein Gesicht wurde noch röter. »Das verrate ich nicht. Es ist mir zu peinlich.«

(Später, als ich mit Seba allein war, fragte ich ihn. Er kicherte hämisch und sagte: »Aus den *Ohren.*«)

Gerade als wir dabei waren, uns die Schuhe wieder anzuziehen, stürmte ein schlanker, blonder Vampir in einem hellblauen Gewand herein und knallte die Tür hinter sich zu. Er lehnte sich keuchend mit dem Rücken dagegen, ohne von uns Notiz zu nehmen, bis Mr. Crepsley das Wort ergriff: »Bist du das, Kurda?«

»Nein!«, stieß der Vampir hervor und packte die Türklinke. Dann hielt er inne und warf vorsichtig einen Blick über die Schulter. »Larten?«

»Ja.«

»Das ist natürlich etwas anderes.« Erleichtert ließ er die Klinke los und schlenderte zu uns herüber. Als er näher kam, bemerkte ich drei kleine rote Narben auf seiner linken Wange. Das erinnerte mich irgendwie an etwas, aber ich wusste nicht, woran. »Genau dich habe ich gesucht. Ich wollte dich nach diesem Harkat Mulds und seiner Botschaft fragen. Stimmt das, was er da sagt?«

Mein Lehrmeister zuckte die Achseln. »Ich kenne auch nur die Gerüchte. Auf dem Weg hierher hat er uns nichts verraten.« Offenbar hatte Mr. Crepsley das Versprechen, das er dem Kleinen Kerl gegeben hatte, nicht vergessen.

»Er hat überhaupt nicht darüber geredet?«, fragte

der Jüngere, der es sich inzwischen auf einem umgedrehten Fass bequem gemacht hatte.

»Er meinte, die Botschaft sei ausschließlich für die Fürsten bestimmt«, warf ich ein.

Der fremde Vampir musterte mich neugierig. »Du musst Darren Shan sein. Ich habe schon viel von dir gehört.« Er schüttelte mir die Hand. »Ich heiße Kurda Smahlt.«

»Wovor bist du weggerannt?«, erkundigte sich Mr. Crepsley.

»Vor den ständigen Fragen«, ächzte Kurda. »Kaum hatte sich die Nachricht von dem Kleinen Kerl und seiner Botschaft verbreitet, sind sie alle zu mir gelaufen, um mich zu fragen, ob er die Wahrheit sagt.«

»Aber warum gerade zu *dir?«*

»Weil ich mich besser mit Vampyren auskenne als die meisten anderen. Und wegen meiner bevorstehenden Ordination. Es ist erstaunlich, für wie viel klüger einen die Leute halten, bloß weil man demnächst in eine höhere Position aufsteigt.«

»Gavner Purl hat es erwähnt. Meinen Glückwunsch«, sagte Mr. Crepsley ziemlich steif.

»Du bist anscheinend nicht damit einverstanden.«

»Das habe ich nicht gesagt.«

»Das brauchst du auch nicht. Ich sehe es dir an der Nasenspitze an. Aber es macht mir nichts aus. Du bist nicht der Einzige, der dagegen ist. Daran bin ich inzwischen gewöhnt.«

»Entschuldigen Sie«, unterbrach ich die beiden, »aber was ist eine Ordination?«

»Das bedeutet, dass man innerhalb der Rangordnung aufsteigt«, erläuterte Kurda. Er sprach ganz unbefangen, und seine Miene war gleich bleibend freundlich. Er erinnerte mich ein bisschen an Gavner, und ich mochte ihn sofort.

»Und in welchen Rang steigen Sie denn auf?«, erkundigte ich mich.

»In den höchsten.« Er lächelte. »Ich werde demnächst Fürst. Es gibt eine Riesenfeier mit allem Tamtam.« Er verzog das Gesicht. »Wahrscheinlich wird es stinklangweilig, aber ich kann mich nicht davor drücken. Jahrhundertealte Tradition, heilige Werte und so weiter.«

»Sprich nicht so abfällig über deine Ordination«, tadelte Mr. Crepsley ihn. »Es ist eine große Ehre.«

»Ich weiß«, seufzte Kurda. »Ich wünschte nur, die Leute würden nicht so viel Aufhebens darum machen. Ich habe schließlich keine Wundertaten vollbracht.«

»Wieso werden Sie dann zum Fürsten ernannt?«, hakte ich rasch nach.

»Wieso?«, wiederholte Kurda augenzwinkernd. »Wolltest du dich etwa selbst um den Posten bewerben?«

Ich musste lachen. »Nein. Ich bin bloß neugierig.«

»Dafür gibt es keine festen Regeln«, erklärte

Kurda. »Um Obervampir zu werden, bereitet man sich ein paar Jahre lang vor und löst dann mehrere festgelegte Aufgaben. Zum Fürsten dagegen wird man aus ganz unterschiedlichen Gründen und zu keinem bestimmten Zeitpunkt ernannt.

Normalerweise wird jemand Fürst, wenn er sich in zahlreichen Schlachten ausgezeichnet hat und seine Mitstreiter ihm Vertrauen und Bewunderung entgegenbringen. Dann schlägt ihn einer der bereits amtierenden Fürsten vor. Wenn alle anderen Fürsten damit einverstanden sind, wird er automatisch befördert. Ist die Wahl nicht einstimmig, werden die Obervampire befragt, und die Mehrheit entscheidet. Stimmen aber zwei oder mehr Fürsten dagegen, ist der Antrag endgültig abgelehnt.

Bei mir stand es auf Pfahles Spitze«, grinste er. »Vierundfünfzig Prozent der Obervampire hielten mich für das Amt eines Fürsten geeignet. Das bedeutet allerdings, dass praktisch jeder Zweite mich ungeeignet findet!«

»Ich habe noch nie eine so spannende Wahl erlebt«, bestätigte Mr. Crepsley. »Kurda ist erst hundertzwanzig Jahre alt und damit einer der jüngsten Fürsten, der je gewählt wurde. Deswegen nehmen ihn viele Oberen nicht ganz ernst. Wenn er erst einmal in Amt und Würden ist, werden sie ihm gehorchen, keine Frage, aber glücklich sind sie über diese Entscheidung nicht.«

»Na, komm schon«, warf Kurda amüsiert ein. »Du brauchst mich nicht vor deinem Gehilfen in Schutz zu nehmen und alles auf mein jugendliches Alter zu schieben. Schau her, Darren.« Er winkte mich zu sich und winkelte den rechten Arm an, so dass der Bizeps hervortrat. »Was hältst du davon?«

»Nicht sehr eindrucksvoll«, sagte ich wahrheitsgemäß.

»Kindermund tut Wahrheit kund!«, jammerte Kurda mit gespielter Verzweiflung. »Aber du hast absolut Recht: Mit meiner Körperkraft ist es wirklich nicht weit her. Alle anderen Fürsten haben Muskeln so dick wie Bowlingkugeln. Von alters her werden nur die stärksten, ausdauerndsten und tapfersten Vampire zu Fürsten gewählt. Ich bin der erste Kandidat, bei dem *das hier* den Ausschlag gegeben hat.« Er tippte sich demonstrativ an die Schläfe.

»Meinen Sie damit, dass Sie schlauer sind als die anderen?«

»Viel schlauer«, prahlte er, aber dann schnitt er eine Grimasse. »Eigentlich nicht«, gab er seufzend zu. »Ich gebrauche meinen Verstand nur öfter als die meisten. Ich halte nichts davon, dass wir Vampire uns an die alten Bräuche klammern. Ich finde, wir sollten fortschrittlich denken und unsere Lebensweise endlich an das einundzwanzigste Jahrhundert anpassen. Und das Wichtigste: Ich bin der Meinung, wir sollten Frieden mit unseren abtrünnigen Brüdern, den Vampyren, schließen.«

»Kurda ist der erste Vampir seit der Unterzeichnung des Waffenstillstandes, der auf Verständigung mit den Vampyren aus ist«, sagte Mr. Crepsley unwirsch.

»Was meinen Sie mit Verständigung?«, fragte ich nach.

»Ich treffe mich gelegentlich mit ihnen«, erläuterte Kurda. »Die letzten dreißig oder vierzig Jahre habe ich damit verbracht, sie aufzuspüren, mit ihnen zu reden und sie besser kennen zu lernen. Dabei habe ich mir auch die Narben geholt.« Er berührte seine linke Wange. »Ich musste einwilligen, mich von ihnen zeichnen zu lassen. Es war eine Art Friedensangebot, mit dem ich mich ihnen auf Gedeih und Verderb auslieferte.«

Jetzt fiel mir auch wieder ein, woher mir die Narben so bekannt vorgekommen waren. Dieselben Narben hatte ich vor sechs Jahren bei dem dicken Mann gesehen, den der wahnsinnige Vampyr Murlough sich zum Opfer auserkoren hatte! Vampyre hatten feste Gewohnheiten und zeichneten ihre Opfer stets, bevor sie ihnen den Garaus machten, und zwar immer mit drei Kratzern auf der linken Wange.

»Die Vampyre unterscheiden sich gar nicht so sehr von uns, wie die meisten Vampire glauben«, fuhr Kurda fort. »Viele von ihnen warten nur auf eine Gelegenheit, sich mit uns auszusöhnen. Natürlich sind Kompromisse dabei unumgänglich – beide Seiten müssen einander in bestimmten Punkten entgegenkommen –, aber ich bin mir sicher, dass wir zu einer Verständigung gelangen und wieder als ein vereintes Volk leben könnten.«

»Deshalb wurde Kurda ja auch gewählt«, setzte mein Meister hinzu. »Viele Obervampire – jedenfalls mindestens vierundfünfzig Prozent – finden es ebenfalls an der Zeit, dass wir uns wieder mit den Vampyren versöhnen. Kurda hat sich deren Vertrauen zwar inzwischen erworben, aber sie weigern sich, mit irgendeinem anderen Obervampir zu verhandeln. Ist Kurda aber erst einmal Fürst, hat er die absolute Befehlsgewalt über die Oberen, und die Vampyre wissen genau, dass kein Obervampir sich dem Befehl eines Fürsten widersetzt. Wenn Kurda ihnen dann einen Unterhändler schickt, werden die Vampyre ihn anhören. Jedenfalls glauben das Kurdas Anhänger.«

»Du etwa nicht, Larten?«, fragte Kurda.

Mr. Crepsley wiegte sorgenvoll den Kopf. »Die Vampyre haben viele bewundernswerte Eigenschaften, und ich war nie gegen Gespräche zur Überbrückung der Kluft zwischen ihnen und uns. Aber es erscheint mir voreilig, ihnen eine Stimme im Rat der Fürsten einzuräumen.«

»Du glaubst also, sie benutzen mich nur als Mittel zum Zweck, um uns mehr von ihren Überzeu-

gungen aufzuzwingen als wir ihnen von unseren?«
»So ungefähr.«
Kurda schüttelte den Kopf. »Mein Ziel ist es, einen Zusammenschluss gleichberechtigter Parteien zu bewirken. Ich werde nicht mit Gewalt Beschlüsse durchdrücken, mit denen die anderen Fürsten und Obervampire nicht einverstanden sind.«
»Wenn das so ist, wünsche ich dir viel Glück. Mir geht das alles zu schnell. Wäre ich noch Obervampir, ich hätte alles versucht, um deine Ordination zu verhindern.«
»Hoffentlich lebe ich lange genug, um dir zu beweisen, dass dein Misstrauen unbegründet ist«, sagte Kurda achselzuckend und wandte sich mir zu. »Was sagst *du* dazu, Darren? Wird es nicht langsam Zeit für eine Versöhnung?«
Ich zögerte. »Ich weiß nicht genug über Vampire und Vampyre, um dazu eine Meinung zu haben«, antwortete ich schließlich ausweichend.
»Unsinn«, schnaubte Kurda ärgerlich. »Jeder hat das Recht auf eine Meinung. Na los, Darren, sag mir, was du darüber denkst. Ich weiß immer gern, was in den Köpfen der Leute vorgeht. Das Leben wäre angenehmer und friedlicher, wenn wir alle unsere Gedanken offen aussprechen würden.«
»Also gut«, begann ich langsam. »Ich weiß nicht recht, ob mir die Idee gefällt, ein Abkommen mit

den Vampyren zu treffen. Ich finde es falsch, Menschen umzubringen, wenn man sich an ihnen labt. Aber wenn Sie die Vampyre tatsächlich davon überzeugen könnten, nicht mehr zu töten, halte ich es für eine gute Sache.«

»Der Junge hat wirklich Köpfchen«, lobte Kurda. »Was du eben gesagt hast, bringt meine Ansicht genau auf den Punkt: Menschen zu töten, ist in der Tat verabscheuenswert, und damit aufzuhören, ist eine der wichtigsten Voraussetzungen für jede Art von Abkommen mit unseren irregeleiteten Verwandten. Aber wenn wir nicht auf sie zugehen, stellen sie das Töten niemals ein. Ist es nicht ein geringer Preis, einige unserer Grundsätze über Bord zu werfen, wenn wir damit dem blutigen Morden Einhalt gebieten können?«

»Auf jeden Fall«, stimmte ich zu.

»Hrmm!«, knurrte Mr. Crepsley. Das war alles, was er abschließend zu diesem Thema äußerte.

Kurda gab sich einen Ruck. »Wie dem auch sei, ich kann mich hier nicht ewig verkriechen. Ich muss wieder zurück und weitere Fragen über mich ergehen lassen. Seid ihr ganz sicher, dass ihr mir nicht mehr über die Blaukutte und ihre Botschaft erzählen könnt?«

»Leider nicht«, sagte Mr. Crepsley kurz angebunden.

»Macht nichts. Ich finde bestimmt mehr heraus, wenn ich den Fürsten Bericht erstatte und selbst mit dem Kleinen Kerl sprechen kann. Ich hoffe, es gefällt dir hier, Darren. Wenn sich der ganze Trubel gelegt hat, müssen wir mal in Ruhe miteinander plaudern.«

»Gern«, sagte ich erfreut.

»Larten«, verabschiedete sich der Jüngere von meinem Meister.

»Kurda.«

Und fort war er.

»Ich finde Kurda nett«, meinte ich. »Ich mag ihn.«

Nachdenklich rieb Mr. Crepsley die lange Narbe auf seiner linken Wange, betrachtete zweifelnd die Tür, die Kurda eben hinter sich geschlossen hatte, und machte noch einmal: »Hrmm!«

KAPITEL 15

Es folgten einige lange, ziemlich ereignislose Nächte. Harkat war noch immer in der Fürstenhalle, um weitere Fragen zu beantworten. Gavner musste seinen Pflichten als Obervampir nachgehen, und wir bekamen ihn nur noch zu Gesicht, wenn er völlig erledigt in seinen Sarg kroch, um zu schlafen. Ich lungerte die meiste Zeit in der Khledon-Lurt-Halle herum, wo Mr. Crepsley endlose Gespräche mit alten, lange entbehrten Freunden führte, oder ich hielt mich mit ihm und Seba Nile unten in den Lagerräumen auf.

Den betagten Vampir schien Harkats Botschaft am meisten zu beunruhigen. Er war der zweitälteste Vampir im ganzen Berg (der älteste war Paris Skyle, einer der Fürsten, der über achthundert Jahre alt war), und der Einzige, der seinerzeit Meister Schicks Besuch miterlebt und dessen düstere Prophezeiung mit eigenen Ohren gehört hatte.

»Heutzutage glauben viele Vampire nicht mehr an die alten Überlieferungen«, sagte er bedauernd. »Sie denken, wir hätten Meister Schicks Warnung nur erfunden, um jungen Vampiren damit Angst zu machen. Aber ich erinnere mich noch sehr genau daran, wie er aussah. Ich höre noch seine Worte in der Fürstenhalle nachklingen, und es läuft mir wie damals eiskalt den Rücken hinunter. Der Lord der Vampyre ist keine Sagengestalt. Es gibt ihn tatsächlich. Und wie es scheint, wird er bald leibhaftig vor uns stehen.«

Seba versank in düsteres Schweigen. Er hatte an einem Krug Bier genippt, aber jetzt schien er das Trinken ganz vergessen zu haben.

»Bis jetzt ist er jedenfalls noch nicht aufgetaucht«, versuchte Mr. Crepsley ihn aufzumuntern. »Meister Schick ist so alt wie die Zeit selbst. Wenn er verkündet, dass die bewusste Nacht nahe ist, meint er damit vielleicht in Hunderten oder Tausenden von Jahren.«

Seba schüttelte den Kopf. »Wir haben jetzt Hunderte von Jahren Zeit gehabt, genau genommen siebenhundert Jahre, um etwas gegen die Vampyre zu unternehmen. Wir hätten sie allesamt umbringen sollen, ohne vor den Folgen zurückzuschrecken. Immer noch besser, von den Menschen ausgerottet zu werden als von den Vampyren.«

»Unsinn«, brauste mein Meister auf. »Ich nehme es lieber mit dem legendären Lord der Vampyre auf als mit Pfähle schwingenden Menschen. Und du auch.«

Seba nickte bedrückt und trank einen kleinen Schluck Bier. »Wahrscheinlich hast du Recht. Ich bin alt, und mein Verstand rostet allmählich ein. Vielleicht bin ich nur ein betagter Mann, der das Leben satt hat und sich unnötige Sorgen macht. Aber trotzdem ...«

So endeten die meisten Gespräche. Sogar diejenigen, die sich offen über das Schauermärchen vom Lord der Vampyre lustig machten, hängten ein ›trotzdem‹, ein ›aber‹ oder ein ›wer weiß‹ an. Die staubige Luft in den Gängen und Hallen schien zunehmend mit einer Angst getränkt, die jede Aktivität lähmte.

Der Einzige, den die Gerüchte offenkundig völlig kalt ließen, war Kurda Smahlt. Drei Nächte, nachdem Harkat den Fürsten seine Botschaft überbracht hatte, tauchte der junge Vampir so aufgekratzt wie immer im Eingang zu unseren Schlafnischen auf. »Hallihallo!«, begrüßte er uns fröhlich. »Die letzten beiden Nächte waren ziemlich hektisch, aber jetzt kehrt allmählich wieder Ruhe ein, und ich habe ein paar Stunden frei. Ich wollte Darren zu einer kleinen Besichtigungstour durch die Hallen einladen.«

»Au ja!«, rief ich begeistert. »Mr. Crepsley hat mir schon ewig eine Führung versprochen, aber irgendwie sind wir nie dazu gekommen.«

»Du hast doch nichts dagegen, wenn ich dir den Jungen eine Weile entführe, Larten?«

»Nicht im Geringsten«, erwiderte mein Meister. »Ich bin überwältigt, dass Dero Eminenz so kurz vor Dero Ordination Zeit für etwas derartig Nebensächliches erübrigen können.« Sein Tonfall triefte vor Hohn, aber Kurda ließ sich nicht provozieren.

»Du kannst uns gern begleiten«, bot er an.

»Nein, besten Dank.« Mr. Crepsley lächelte verkniffen.

»Dann eben nicht. Selber schuld«, konterte Kurda. »Wollen wir los, Darren?«

»Klar«, sagte ich, und wir machten uns aus dem Staub.

Zuerst zeigte mir Kurda die Küchen. Sie waren in riesigen Höhlen untergebracht und weiter unten im Berg gelegen als die meisten Hallen. Die Herdfeuer loderten hell, denn während des Konzils arbeiteten die Köche schichtweise rund um die Uhr, um alle Besucher satt zu bekommen.

»Sonst geht es hier ruhiger zu«, erläuterte Kurda. »Zwischen den Konzilen halten sich selten mehr als dreißig Vampire gleichzeitig im Berg auf. Wenn man dann nicht zu den festgelegten Zeiten mit den anderen speisen will, muss man sich eben selbst was brutzeln.«

Nach den Küchen besuchten wir die Stallungen, in denen Schafe, Ziegen und Kühe gezüchtet wurden. »Wir könnten niemals genug Milch und

Fleisch für alle Vampire heranschaffen«, erklärte Kurda, als ich mich darüber wunderte, dass im Berg lebendige Tiere gehalten wurden. »Der Berg ist schließlich kein Hotel, wo man eine Lieferfirma anrufen und die Vorräte jederzeit wieder auffüllen kann. Es wäre viel zu aufwendig, Lebensmittel hierher zu transportieren. Da ist es einfacher, die Tiere selbst aufzuziehen und bei Bedarf zu schlachten.«

»Aber woher kommt das Menschenblut?«

»Von edlen Spendern«, erwiderte Kurda mit einem Augenzwinkern und ging weiter. (Erst viel später fiel mir wieder ein, wie geschickt er einer Antwort ausgewichen war.)

Die Einäscherungshalle war unser nächstes Ziel. Hier wurden jene Vampire verbrannt, die während ihres Aufenthaltes im Berg starben. »Und was ist, wenn sie gar nicht verbrannt werden wollen?«, fragte ich.

»Ich weiß nicht, warum, aber kaum ein Vampir möchte begraben werden«, erwiderte Kurda nachdenklich. »Vielleicht liegt es daran, dass wir schon zu Lebzeiten so viele Stunden in Särgen zubringen. Aber wenn jemand ausdrücklich um ein Begräbnis bittet, kommen wir seinem Wunsch natürlich nach.

Noch vor gar nicht langer Zeit warfen wir die Toten einfach in einen unterirdischen Fluss, der sie davonschwemmte. Tief unter den Hallen gibt es eine Höhle, in der einer der größeren Flüsse offen zugänglich ist. Man nennt sie ›Halle der Letzten Reise‹, obwohl sie heutzutage nicht mehr benutzt wird. Wenn wir mal zufällig dort vorbeikommen, zeige ich sie dir.«

»Wieso sollten wir dort vorbeikommen? Ich dachte, die Gänge sind nur dazu da, um den Berg zu betreten oder zu verlassen.«

»Eins meiner Hobbys ist Karten zeichnen«, gestand Kurda. »Ich versuche schon seit Jahrzehnten, exakte Karten des Berges zu erstellen. Die Hallen einzuzeichnen ist nicht schwer, aber das Gangsystem ist schrecklich kompliziert. Es wurde noch nie kartographisch erfasst, und viele Tunnel sind in erbärmlichem Zustand. Jedes Mal, wenn ich hierher komme, steige ich hinunter, um noch unbekannte Regionen zu erforschen, aber ich habe leider viel zu wenig Zeit. Wahrscheinlich wird das noch schlimmer, wenn ich erst Fürst bin.«

»Klingt spannend«, meinte ich. »Kann ich nächstes Mal mitkommen, wenn Sie wieder Karten zeichnen gehen? Ich wüsste gern, wie man so etwas macht.«

»Interessiert dich das wirklich?« Kurda schien überrascht.

»Wieso nicht?«

Er lachte. »Die meisten Vampire schlafen ein, wenn ich mich mit ihnen über Karten unterhalten will. Es langweilt sie zu Tode, außerdem halten sie es für überflüssig. Es gibt eine Redensart bei uns: ›Karten sind nur was für Menschen‹. Die meisten Vampire würden lieber auf eigene Faust unbekanntes Gelände erforschen, statt sich an eine Karte zu halten, auch wenn das viel gefährlicher ist.«

Die Einäscherungshalle war ein geräumiges, achteckiges Gewölbe mit einer hohen, von zahllosen Rissen durchzogenen Decke. In der Mitte befand sich eine Feuergrube, und an der hinteren Wand standen mehrere lange, aus Tierknochen grob geschnitzte Bänke. Zwei Frauen und ein Mann hatten darauf Platz genommen und unterhielten sich im Flüsterton. Zu ihren Füßen spielte ein kleines Kind mit Knochensplittern. Die drei sahen nicht wie Vampire aus. Sie waren mager und kränklich, hatten strähniges Haar und zerlumpte Kleider, totenblasse Haut und merkwürdig weißliche Augen. Als wir die Halle betraten, sprangen die Erwachsenen auf, schnappten sich das Kind und verschwanden fluchtartig durch eine Tür ganz hinten in der Höhle.

»Wer war das denn?«, fragte ich verwundert.

»Die Wächter dieser Halle«, antwortete Kurda knapp.

Ich ließ nicht locker. »Aber sie sahen gar nicht aus wie Vampire. Außerdem dachte ich immer, ich sei das einzige Vampirkind weit und breit.«

»Bist du ja auch.«
»Aber wer ...«
»Frag mich später!«, fauchte Kurda ungewöhnlich gereizt. Als er bemerkte, dass ich zusammenzuckte, setzte er sofort ein entschuldigendes Lächeln auf. »Ich erzähl's dir, wenn wir die Führung beendet haben«, versprach er gedämpft. »In diesem Raum über die Wächter zu sprechen, bringt Unglück. Ich bin zwar von Natur aus nicht abergläubisch, aber ich möchte das Schicksal nicht herausfordern.«
(Trotz meiner Neugier sollte ich erst lange Zeit später mehr über die so genannten Wächter erfahren, denn am Ende unserer Besichtigungstour war ich nicht mehr in der Lage, Fragen zu stellen, und hatte die ganze Angelegenheit völlig vergessen.)
Zunächst einmal bezähmte ich meine Wissbegier und betrachtete die Verbrennungsgrube, eine schlichte Mulde im Felsboden, in der trockene Blätter und Zweige aufgehäuft waren. Rund um die Grube standen große Gefäße, und aus jedem ragte eine Art Knüppel heraus. Ich erkundigte mich, wozu sie dienten.
»Das sind Knochenmörser.«
»Was für Knochen denn?«
»Die Knochen der toten Vampire. Sie zerfallen nicht in den Flammen. Man lässt das Feuer herunterbrennen, sammelt die Knochen ein, wirft sie in

die Behälter und zerstößt sie mit den Mörsern zu Staub.«

»Und was passiert mit dem Staub?«, fragte ich weiter.

»Damit wird der Fledermauseintopf angedickt«, sagte Kurda mit ernster Miene. Als er sah, dass ich grün im Gesicht wurde, brach er in schallendes Gelächter aus. »Das war nur ein Witz! Der Staub wird vom Berg aus in alle Winde gestreut, um die Seelen der Vampire zu befreien.«

»Ich weiß nicht, ob ich damit einverstanden wäre«, meinte ich zögernd.

»Immer noch besser, als die Toten in der Erde zu verscharren und den Würmern zum Fraß vorzuwerfen«, konterte Kurda. »Ich selbst möchte allerdings am liebsten ausgestopft und ausgestellt werden, wenn mein letztes Stündlein geschlagen hat.« Er machte eine bedeutungsvolle Pause und prustete dann wieder los.

Wir verließen die Einäscherungshalle und machten uns auf den Weg zu den drei Sporthallen (eigentlich hießen sie Basker-Wrent-Halle, Rush-Flon'x-Halle und Oceen-Pird-Halle, aber die meisten Vampire nannten sie einfach Sporthallen). Ich freute mich schon darauf, doch plötzlich blieb Kurda vor einer kleinen Tür stehen, senkte den Kopf, schloss die Augen und berührte seine Augenlider mit den Fingerspitzen.

»Was tun Sie da?«, erkundigte ich mich.

»So will es der Brauch«, antwortete er und ging weiter. Diesmal ließ ich mich nicht einfach so abwimmeln.

»Was ist hinter der Tür? Eine Halle?«, beharrte ich.

Kurda zögerte. »Das ist nichts für dich«, wich er schließlich aus.

»Warum nicht?«

»Man nennt sie Todeshalle«, sagte er schließlich.

»Noch eine Einäscherungshalle?«

Kurda schüttelte den Kopf. »Dort finden die Hinrichtungen statt.«

»Hinrichtungen?« Jetzt wurde ich erst recht neugierig.

Kurda seufzte ergeben. »Willst du einen Blick hineinwerfen?«

»Ist das denn gestattet?«

»Gewiss, aber es ist kein schöner Anblick. Lass uns lieber zu den Sporthallen weitergehen.«

Diese Warnung stachelte meine Neugier nur noch mehr an! Als Kurda merkte, dass ich nicht nachgab, öffnete er die Tür. Die Halle war ziemlich schummrig, und erst dachte ich, wir seien die einzigen Anwesenden. Dann bemerkte ich einen der bleichen Wächter, der im Schatten an der Rückwand des Raumes hockte. Er stand nicht auf und gab auch sonst nicht zu erkennen, ob er unser Eintreten bemerkt hatte. Ich setzte gerade zu einer Frage an, als der junge Obervampir nach-

drücklich den Kopf schüttelte und zischte: »*Hier* schon gar nicht!«
Sonst konnte ich in der Halle nichts Furcht Einflößendes entdecken. In der Mitte des Fußbodens befand sich ebenfalls eine Grube, und an der Wand lehnten ein paar grob zusammengenagelte Holzkäfige. Das war alles.
»Und was ist hier nun so schrecklich?«, fragte ich.
»Ich zeig's dir«, gab Kurda zurück und führte mich an den Rand der Grube. Ich spähte hinein und sah, dass aus dem Boden der Aushöhlung Dutzende von bedrohlich angespitzten Holzstangen aufragten.
Ich schnappte nach Luft. »Pfähle!«
»Allerdings«, bestätigte Kurda im Flüsterton. »Hier in diesem Gewölbe hat die Legende, dass man Vampire mit einem Pfahl durch das Herz umbringen kann, ihren Ursprung. Wenn ein Vampir in die Todeshalle gebracht wird, steckt man ihn in einen der Käfige, die du dort drüben an der Wand siehst. Der Käfig wird über der Grube an Seilen unter die Decke gezogen und dann aus großer Höhe fallen gelassen, so dass der Insasse aufgespießt wird. Es ist ein langsamer und qualvoller Tod, und manchmal muss die Prozedur drei- oder viermal wiederholt werden, bis der Vampir sein Leben aushaucht.«
»Aber *warum?*«, fragte ich entsetzt. »Was hat derjenige denn verbrochen?«

»Hierher kommen die Alten oder Verkrüppelten, die Geisteskranken und Verräter. Alte oder verwundete Vampire bitten freiwillig darum, getötet zu werden. Wenn sie noch kräftig genug sind, versuchen sie, im Zweikampf zu sterben oder ziehen sich in die Wildnis zurück, um bei der Jagd ihr Leben zu lassen. Wer dazu nicht mehr in der Lage ist, kommt hierher, wo er dem Tod ins Gesicht sehen und seine Tapferkeit ein letztes Mal unter Beweis stellen kann.«

»Aber das ist doch grausam!«, rief ich aus. »Nur weil jemand alt ist, braucht man ihn doch nicht umzubringen!«

»Ich bin ganz deiner Meinung«, pflichtete Kurda mir bei. »Ich finde, hier ist der typische Stolz unserer Sippe fehl am Platze. Oftmals könnten wir gerade von den Alten und Schwachen viel lernen, und ich persönlich hoffe, ein hohes Alter zu erreichen. Aber die meisten Vampire leben noch nach dem antiken Grundsatz, dass nur derjenige, der kämpfen und für sich selbst sorgen kann, zu leben verdient.

Bei Vampiren, deren Geist sich verwirrt hat, ist das natürlich etwas anderes. Anders als die Vampyre lassen wir unsere geistesgestörten Artgenossen nicht auf die Menschenwelt los, damit sie dort Blutbäder anrichten. Da man einen Verrückten nicht einfach einsperren kann – er würde sich mit den Fingernägeln sogar durch eine Steinmauer graben –, ist die Hinrichtung noch die barmherzigste Lösung.«

»Wie wäre es mit Zwangsjacken?«, schlug ich vor.

Kurda schüttelte bedauernd den Kopf. »Leider wurde noch keine Zwangsjacke erfunden, die einen verwirrten Vampir bändigen könnte. Glaub mir, Darren, in solchen Fällen ist der Tod eine Erlösung, und zwar nicht nur für den Erkrankten selbst, sondern auch für seine Umgebung.

Dasselbe gilt für Verräter«, fuhr er fort. »Die sind zum Glück sehr selten, denn auf Loyalität legen Vampire großen Wert – das ist einer der Vorteile, wenn man sich an die alten Traditionen hält. Abgesehen von Vampyren, die nach ihrer Abspaltung ebenfalls als Verräter galten, die den Tod verdienten, sind in den letzten vierzehnhundert Jahren in diesem Berg nur sechs Verräter hingerichtet worden.«

Ich starrte schaudernd in die Grube hinab und stellte mir vor, wie ich selbst in einem Käfig über den Pfählen baumelte und auf den tödlichen Sturz wartete.

»Werden den Verurteilten die Augen verbunden?«, erkundigte ich mich.

»Den Geisteskranken schon, aus Mitleid. Wer dagegen die Todeshalle aus freien Stücken aufsucht, zieht es vor, offenen Auges zu sterben, um noch einmal seinen Mut zu demonstrieren. Verräter allerdings werden mit dem Gesicht nach oben in die Käfige gesteckt, damit sie mit dem Rücken auf den Pfählen landen. Für einen Vampir ist es außerordentlich schmachvoll, durch Pfahlwunden im Rücken sein Leben zu lassen.«

»Ich würde auch lieber auf dem Rücken liegen«, sagte ich.

Kurda lächelte. »Hoffentlich kommst du niemals in diese Situation!« Dann klopfte er mir auf die Schulter und meinte: »Dies ist kein Ort, an dem man länger als unbedingt nötig verweilen sollte. Lass uns lieber zu den Wettkämpfen gehen.« Und damit schloss er die Tür hinter dem geheimnisvollen Wächter, den Käfigen und den mörderischen Pfählen.

KAPITEL 16

Die Sporthallen waren riesige Gewölbe, in denen sich durcheinander rufende, jubelnde, bestens gelaunte Vampire tummelten. Genau das, was ich nach der seltsamen Einäscherungshalle und der unheimlichen Todeshalle brauchte, um meine bedrückte Stimmung abzuschütteln.

In jeder der drei Sporthallen fanden unterschiedliche Wettkämpfe statt. Bei den meisten ging es um reines Kräftemessen: Ringen, Boxen, Karate, Gewichtheben und so weiter, aber auch Blitzschach erfreute sich großer Beliebtheit, weil es Reaktionsvermögen und Intelligenz erforderte.

Kurda erspähte zwei freie Sitzplätze bei den Ringern, und wir sahen einigen anderen Vampiren dabei zu, wie sie versuchten, ihre Gegner zu Boden zu zwingen oder von der Matte zu stoßen. Es war nicht leicht, dem Geschehen mit bloßen Augen zu folgen, da sich Vampire viel schneller bewegen als Menschen. Es kam mir vor, als beobachtete ich einen Wettkampf auf Video und hielte dabei die ganze Zeit die Vorlauftaste gedrückt.

Die Boxer dagegen bewegten sich kaum flinker als

ihre menschlichen Kollegen, aber sie kämpften weitaus brutaler. Gebrochene Knochen, blutige Nasen und zerschrammte Gesichter waren an der Nachtordnung. Kurda erzählte mir, dass es oft noch viel rauer zuging. Manchmal wurde sogar jemand getötet oder so übel zugerichtet, dass man ihn nur noch in die Todeshalle bringen konnte.

»Warum trägt niemand Schutzkleidung?«, fragte ich.

»Davon halten unsere Sportler nichts. Lieber lassen sie sich den Schädel einschlagen, als einen Schutzhelm aufzusetzen.« Kurda verzog verdrossen das Gesicht. »Manchmal kann ich meine Mitvampire einfach nicht verstehen. Vielleicht wäre ich doch besser ein Mensch geblieben.«

Wir wechselten zu einem anderen Spielfeld über. Dort gingen die Gegner mit Speeren aufeinander los. Die Regeln erinnerten mich ans Fechten: Sieger war derjenige, dem es gelang, seinen Kontrahenten dreimal zu verwunden – nur dass es auch hier deutlich riskanter und blutiger zuging.

»Das ist ja entsetzlich«, keuchte ich, als einem Vampir der halbe Oberarm aufgeschlitzt wurde, aber der Verwundete lachte nur und gratulierte seinem Gegner zu der gelungenen Finte.

»Du solltest mal sehen, wenn sie Ernst machen«, sagte jemand hinter uns. »Im Moment wärmen sie sich bloß auf.«

Als ich mich umdrehte, erblickte ich einen Vampir mit rotbraunem Haar und nur noch einem Auge. Er trug dunkelblaue Lederkleidung. »Man nennt diese Disziplin auch ›Augenroulette‹«, setzte er hinzu, »weil schon viele dabei ein Auge eingebüßt haben – oder sogar beide.«

»Haben Sie Ihres auch beim Fechten verloren?«, erkundigte ich mich und starrte wie gebannt auf seine leere, von Narben gesäumte linke Augenhöhle.

»Nein«, schmunzelte er. »Das ist ein kleines Andenken an eine Meinungsverschiedenheit mit einem Löwen.«

»Ehrlich?«, japste ich beeindruckt.

»Ehrlich.«

»Darren, das ist Vanez Blane«, stellte Kurda vor. »Vanez, das ist ...«

»... Darren Shan«, beendete Vanez den Satz und schüttelte mir kräftig die Hand. »Er ist ja zurzeit eins der Hauptgesprächsthemen. Es ist lange her, seit jemand seines Alters unsere Hallen betreten hat.«

»Vanez ist Wettkampfaufseher«, erläuterte Kurda.

»Heißt das, Sie sind Schiedsrichter?«

»So würde ich es nicht nennen. Die Wettkämpfe unterliegen keinerlei Regeln, nicht einmal die Fürsten mischen sich da ein. Vampire raufen nun einmal miteinander – das liegt uns irgendwie. Hier drinnen kümmert sich wenigstens hinterher jemand um die Verletzten, draußen sind hingegen schon welche verblutet. Ich passe nur ein bisschen auf, das ist alles.« Er grinste.

»Außerdem trainiert er die Kämpfer«, ergänzte Kurda. »Vanez ist einer unserer besten Trainer. In den letzten hundert Jahren hat er fast alle Obervampire unterrichtet. Mich selbst natürlich auch.« Er rieb sich den Hinterkopf und schnitt eine schiefe Grimasse.

»Na, schmerzt dein Schädel immer noch von dem Knüppel, mit dem ich dich seinerzeit k.o. geschlagen habe?«, erkundigte sich Vanez höflich.

»Das ist dir nur gelungen, weil du mich überrumpelt hast«, schmollte Kurda. »Ich dachte, du hättest einen Aschenmörser unter dem Arm!«

Vanez lachte bellend und schlug sich auf die Knie. »Du warst schon immer ein heller Kopf, Kurda – bloß von Waffen hast du keinen blassen Schimmer. Dein Begleiter hier war nämlich einer meiner schlechtesten Schüler«, wandte er sich vertraulich an mich. »Flink wie ein Aal und drahtig wie ein Fuchs, aber er machte sich nicht gern die Finger blutig. Wirklich eine Schande. Er hätte ein hervorragender Speerfechter werden können, wenn er nur gewollt hätte.«

»Mein Augenlicht war mir dafür ein zu hoher Preis«, brauste Kurda auf.

»Wer gewinnen will, muss eben bereit sein, ein Risiko einzugehen«, gab Vanez zurück. »Ein Sieg rechtfertigt jede Art von Verwundung.«

Wir sahen den Vampiren noch eine halbe Stunde lang dabei zu, wie sie sich gegenseitig in Stücke hackten (allerdings wurde während unserer Anwesenheit keinem ein Auge ausgestochen), dann führte Vanez uns durch die beiden anderen Sporthallen, erklärte mir die Wettkämpfe und erläuterte, wie sie die Vampire auf das harte Leben außerhalb des Berges vorbereiteten.

Die Hallenwände waren mit einer Vielzahl an Waffen dekoriert, manche davon altertümlich, andere noch in Gebrauch. Vanez nannte mir ihre Namen und ihren Verwendungszweck; er nahm sogar einige von der Wand, um mir ihre Handhabung zu demonstrieren. Es waren wahrhaftig Furcht erregende Werkzeuge der Vernichtung: gezackte Speere, rasiermesserscharfe Äxte, lange, blitzende Messer, geschliffene Bumerangs, die einen Gegner auf achtzig Meter Entfernung töten konnten, mit langen Stacheln gespickte Knüppel und zu guter Letzt Kriegskeulen mit steinernen Köpfen, die einem Vampir mit einem einzigen gezielten Schlag den Schädel zertrümmern konnten.

Irgendwann fiel mir auf, dass es weder Gewehre noch Pfeil und Bogen gab, und ich erkundigte mich nach dem Grund.

»Vampire bevorzugen den Nahkampf«, antwortete Vanez. »Wir benutzen keinerlei Schusswaffen wie Gewehre, Pfeile oder Schleudern.«

»Unter keinen Umständen?«, vergewisserte ich mich.
»Niemals!«, bestätigte Vanez mit Nachdruck. »Dieser Grundsatz ist uns absolut heilig – den Vampyren übrigens auch. Ein Vampir, der zu einer Schusswaffe greift, macht sich für den Rest seines Lebens zum Gespött seiner Kameraden.«
»Früher waren die Vorschriften sogar noch strenger«, ergänzte Kurda. »Bis vor zweihundert Jahren waren nur selbst gefertigte Waffen erlaubt. Jeder Vampir stellte seine eigenen Messer, Speere und Keulen her. Erfreulicherweise wurde diese Regel aufgehoben, so dass wir unsere Waffen jetzt auch käuflich erwerben dürfen, obwohl sich viele von uns noch an die alten Bräuche halten und handgearbeitete Waffen zum Konzil mitbringen.«
Wir gingen weiter und hielten erst wieder vor einem aus einer Reihe schmaler, übereinander gelegter Holzplanken gefertigten Steg an. Vampire balancierten über die schwankenden Bretter, wechselten von einem zum anderen und versuchten dabei, ihre Gegner mit langen, an den Enden abgerundeten Holzstangen in die Tiefe zu stoßen. Bei unserer Ankunft nahmen noch sechs Vampire an dem Wettkampf teil. Minuten später stand der Sieger fest: eine Frau.
»Gut gemacht, Arra.« Vanez applaudierte. »Dein Gleichgewichtssinn ist so hervorragend wie eh und je.«

Die Vampirin sprang von dem wackligen Steg und landete vor unseren Füßen. Sie trug ein weißes Hemd und eine beigefarbene Hose. Das lange, dunkle Haar war zu einem Pferdeschwanz zusammengebunden. Sie war nicht direkt hübsch, dafür waren ihre Züge zu hart und ihre Haut zu wettergegerbt, aber nach den vielen hässlichen, narbenbedeckten männlichen Vampiren kam sie mir vor wie eine Schönheitskönigin.

»Kurda, Vanez«, begrüßte sie meine Begleiter. Dann heftete sie ihre kühlen, grauen Augen auf mich. »Du bist also Darren Shan.« Es klang betont gleichgültig.

»Darren, das ist Arra Sails«, stellte Kurda vor. Ich streckte der Frau die Hand hin, aber sie übersah die Geste.

»Arra gibt niemandem die Hand, vor dem sie keine Hochachtung hat«, flüsterte Vanez.

»Und das sind nicht besonders viele von uns«, ergänzte Kurda. »Na, gibst du auch *mir* immer noch nicht die Hand, Arra?«

»Ich gebe niemandem die Hand, der sich vor dem Kämpfen drückt«, zischte sie. »Wenn du Fürst bist, verbeuge ich mich meinetwegen vor dir und befolge deine Befehle, aber die Hand schüttle ich dir trotzdem nicht. Nicht einmal, wenn darauf die Todesstrafe stünde.«

»Anscheinend hat Arra bei der Wahl gegen mich gestimmt«, sagte Kurda in scherzhaftem Ton.

»*Ich* übrigens auch«, warf Vanez hämisch grinsend ein.

»Da siehst du, was ich für ein Hundeleben führe, Darren«, grummelte Kurda. »Meine Gegner reiben mir ständig unter die Nase, dass sie nicht für mich gestimmt haben, und die Befürworter meiner Ordination reden nicht darüber, aus Angst, die anderen könnten die Nase darüber rümpfen.«

»Mach dir nichts draus«, gluckste Vanez. »Wenn du erst mal Fürst bist, küssen wir dir trotzdem alle die Füße. Wir wollen dich bloß ein bisschen ärgern, solange wir das noch dürfen.«

»Ist es denn strafbar, sich über einen Fürsten lustig zu machen?«, fragte ich.

»Ausdrücklich verboten ist es zwar nicht«, erwiderte Vanez. »Aber es kommt so gut wie nie vor.«

Während Arra einen Splitter aus dem stumpfen Ende ihres Stabes entfernte, musterte ich sie verstohlen. Sie wirkte genauso durchtrainiert wie ihre männlichen Mitstreiter, nicht ganz so stämmig, doch ebenso muskulös. Wieder fiel mir ein, dass ich bisher kaum weibliche Vampire zu Gesicht bekommen hatte, und der Zeitpunkt schien mir geeignet, mich nach dem Grund zu erkundigen.

Langes Schweigen war die Antwort. Den beiden Männern schien die Situation peinlich zu sein. Ich wollte es schon dabei bewenden lassen, als Arra mir schließlich einen schelmischen Blick zuwarf

und sagte: »Frauen eignen sich nicht zu Vampiren. Unsere Sippe ist unfruchtbar, und das stört die meisten Frauen.«
»Unfruchtbar?«, wiederholte ich verständnislos.
»Vampire können keine Kinder bekommen«, erläuterte sie.
»Was – *überhaupt nicht?«*
»Es liegt irgendwie an unserem Blut«, bestätigte Kurda. »Vampire können keine Kinder zeugen oder austragen. Wir können unsere Reihen nur auffüllen, indem wir Menschen anzapfen.«
Ich war wie vor den Kopf gestoßen. Schon längst hätte mir einfallen müssen, warum ich nirgendwo Vampirkindern begegnet war und dass alle, die mich sahen, sich über einen so jungen Halbvampir wie mich wunderten. Ich hatte jedoch so viel anderes im Kopf gehabt, dass ich nie richtig darüber nachgedacht hatte.
»Gilt das auch für Halbvampire?«, fragte ich.
»Ich fürchte, schon.« Kurda runzelte die Stirn. »Hat Larten denn nie mit dir darüber gesprochen?«
Ich schüttelte den Kopf. Ich konnte keine Kinder haben! Ich hatte mich bisher zwar kaum mit diesem Thema beschäftigt, denn da ich fünfmal so langsam alterte wie ein gewöhnlicher Mensch, würde es noch lange dauern, bis ich die Elternrolle ausfüllen konnte, allerdings hatte ich selbstverständlich angenommen, dass die Möglichkeit

dazu bestand. Jetzt war ich bestürzt darüber, dass ich niemals einen Sohn oder eine Tochter haben würde.

»Das ist schlimm«, murmelte Kurda. »Sehr, sehr schlimm.«

»Wie meinen Sie das?«

»Vampire sollten neue Anwärter eigentlich über diese Begleiterscheinungen informieren, bevor sie jemanden anzapfen. Das ist ja auch einer der Gründe, weshalb wir nur selten Kinder in unsere Mitte aufnehmen: Wir finden es besser, wenn frisch gebackene Vampire abschätzen können, was ihnen bevorsteht und was sie dafür aufgeben müssen. Einen Jungen deines Alters anzuzapfen, war leichtsinnig genug, dir dann auch noch die Konsequenzen zu verschweigen ...« Kurda schüttelte vorwurfsvoll den Kopf und wechselte einen fragenden Blick mit Arra und Vanez.

»Du musst den Fürsten darüber Bericht erstatten«, meinte Arra spitz.

»Natürlich müssen sie davon erfahren«, stimmte Kurda zu, »doch ich bin sicher, dass Larten das lieber selbst erledigt. Ich möchte erst einmal abwarten. Es wäre nicht fair, damit herauszuplatzen, bevor er selbst mit den Fürsten gesprochen hat. Könnt ihr beiden die Sache solange für euch behalten?«

Vanez nickte, und Arra schloss sich ihm nach kurzem Zögern an. »Aber wenn Larten nicht bald mit

der Sprache herausrückt ...«, knurrte die Vampirin warnend.
»Ich verstehe das nicht ganz«, meldete ich mich zu Wort. »Kriegt Mr. Crepsley jetzt Ärger, weil er mich angezapft hat?«
Wieder schauten die drei Vampire einander an. »Wahrscheinlich nicht«, erwiderte Kurda dann leichthin. »Larten ist ein gerissener, alter Fuchs. Er kann die Fürsten bestimmt von seinen Beweggründen überzeugen.«
»Na, Darren«, wechselte Vanez das Thema, »wie wär's mit einem kleinen Wettkampf?«
Ich schluckte. »Wollen Sie damit etwa sagen, ich soll gegen Arra antreten?«
»Wir finden bestimmt eine passende Ausrüstung für dich. Was meinst du dazu, Arra? Was dagegen, zur Abwechslung mal mit einem kleineren Gegner zu kämpfen?«
»Warum nicht?«, sagte die Vampirin gedehnt. »Ich bin es gewöhnt, Männern gegenüberzustehen, die größer sind als ich. Ein kleinerer Gegner ist bestimmt eine interessante Erfahrung.«
Sie sprang auf die schwankenden Bretter und wirbelte ihren Stab über den Kopf und unter den Armen hindurch. Die Holzstange drehte sich so schnell, dass mein Blick ihr kaum folgen konnte. Mir wurde etwas mulmig zu Mute, aber ich wollte kein Feigling sein.
Vanez trieb eine Stange auf, die kurz genug für

mich war, und zeigte mir ein paar Minuten lang, wie man sie benutzte. »Fass sie in der Mitte an«, befahl er. »Auf diese Weise kannst du mit beiden Enden zustoßen. Hol jedoch nicht zu weit aus, sonst gibst du dir eine Blöße. Ziel auf ihre Beine und ihren Magen. Du brauchst gar nicht erst zu versuchen, sie am Kopf zu erwischen, dafür bist du noch nicht groß genug. Versuch lieber, sie zu Fall zu bringen. Stoß nach Knien und Zehen, das sind die schwachen Punkte.«

»Solltest du ihm nicht eher beibringen, wie er sich verteidigt?«, unterbrach ihn Kurda. »Das ist wichtiger. Seit elf Jahren ist Arra auf den Planken unbesiegt. Zeig ihm, wie er sich schützen kann, damit sie ihm nicht den Schädel einschlägt, Vanez, und vergiss den ganzen anderen Kram.«

Also zeigte mir Vanez, wie man Tiefschläge, Ausfälle und plötzliche Hiebe auf den Kopf abwehrte. »Du darfst niemals das Gleichgewicht verlieren«, schärfte er mir ein. »Auf den Planken zu fechten ist ganz anders als auf festem Boden. Du musst den Schlag des Gegners nicht nur abfangen – du musst vor allem auf den Füßen bleiben, um auf die nächste Attacke gefasst zu sein. Manchmal ist es besser, einem Hieb nicht auszuweichen, als sich zu ducken.«

»Unsinn«, schnaubte Kurda. »Duck dich, wann immer du willst, Darren. Ich möchte dich Larten nicht auf einer Krankentrage abliefern.«

»Arra will mir doch nicht richtig wehtun, oder?«, fragte ich ängstlich.

Vanez lachte. »Keine Sorge. Kurda will dich bloß einschüchtern. Du hast bestimmt kein leichtes Spiel mit ihr – niemand hat mit Arra leichtes Spiel –, aber sie hat gewiss nicht vor, dich ernstlich zu verletzen.« Er hob den Blick und schaute Arra eindringlich an. Mir raunte er ins Ohr: »Jedenfalls *hoffe* ich das.«

KAPITEL 17

Ich zog die Schuhe aus und kletterte auf die Bretter. Um mich an das Schwanken zu gewöhnen, machte ich ein paar vorsichtige Schritte. Ohne die Stange war es einfach, die Balance zu halten (Vampire haben einen besonders ausgeprägten Gleichgewichtssinn), mit der Waffe dagegen fast unmöglich. Ich hieb versuchsweise ein paar Mal in die Luft und wäre dabei fast heruntergefallen.

»Nicht so weit ausholen!«, schnauzte Vanez mich an und sprang vor, um mich aufzufangen. »Sonst hast du gleich verloren.«

Ich befolgte seinen Rat und bekam allmählich ein Gefühl für die Technik. Nach ein paar Sprüngen von einer Planke zur anderen war ich so weit.

Wir standen uns in der Mitte des wackligen Steges gegenüber und schlugen zur Begrüßung unsere Stangen aneinander. Die Vampirin lächelte – offenbar glaubte sie sich mir haushoch überlegen. Dann machten wir jeder einen Schritt zurück, und Vanez gab das Startsignal, indem er in die Hände klatschte. Arra griff sofort an und zielte mit dem Ende ihrer Stange auf meinen Magen. Als ich auswich, wirbelte sie die Waffe heimtückisch herum und ließ sie auf meinen Kopf niedersausen – ein richtiger Schädelspalter! Ich schaffte es, den gefährlichen Hieb mit meiner Stange abzuwehren, doch die Wucht des Aufpralls übertrug sich durch das Holz und meine Finger in meinen ganzen Körper und zwang mich in die Knie. Fast wäre mir die Holzstange entglitten, aber ich fing sie rechtzeitig wieder auf.

»Willst du den Jungen umbringen?«, brüllte Kurda aufgebracht.

»Wir sind hier nicht auf dem Kinderspielplatz«, schnaubte Arra.

»Ich erkläre den Wettkampf für beendet«, sagte Kurda ärgerlich und machte einen Schritt auf mich zu.

»Wie du willst«, gab die Vampirin kühl zurück, senkte ihre Waffe und kehrte mir den Rücken zu.

»Nein!«, knurrte ich, stand wieder auf und hob meine Stange.

Kurda blieb stehen. »Darren, du musst nicht ...«, hob er an.

»Ich will aber«, fiel ich ihm ins Wort. Dann rief ich Arra herausfordernd zu: »Na los – ich bin bereit.«

Wieder spielte ein Lächeln um die Lippen der Vampirin, als sie mich ansah, diesmal war es nicht geringschätzig, sondern anerkennend. »Der kleine Halbvampir hat Mumm. Wirklich beruhigend,

dass der Nachwuchs heutzutage nicht aus lauter Schlappschwänzen besteht. Dann wollen wir mal versuchen, dir den Mumm wieder auszutreiben.«
Diesmal attackierte sie mich mit kurzen, abrupten Stößen und wechselte dabei überraschend von rechts nach links. Ich fing die Schläge ab, so gut ich konnte, aber sie erwischte mich trotzdem ein paar Mal an Armen und Schultern. Ich wich langsam und vorsichtig ans äußerste Ende des Steges zurück und sprang dann beiseite, als sie einen schwungvollen Ausfall auf meine Beine machte.
Arra hatte meine Reaktion nicht vorhergesehen und verlor das Gleichgewicht. Diese Sekunde nutzte ich, um meinen ersten Hieb zu platzieren, und traf sie hart am linken Oberschenkel. Anscheinend hatte ich ihr nicht besonders wehgetan, dennoch stieß sie einen verblüfften Schrei aus.
»Eins zu null für Darren!«, jubelte Kurda.
»Wir kämpfen nicht nach Punkten«, fauchte Arra.
»Konzentrier dich lieber, Arra«, kicherte Vanez, und sein einziges Auge funkelte schadenfroh. »Sonst beziehst du noch mehr Prügel. Du kannst dich nie wieder in den Hallen sehen lassen, wenn ein minderjähriger Halbvampir dich auf den Planken besiegt.«
»Wenn ich mich von so einem unterkriegen lasse, könnt ihr mich gleich in der Todeshalle in einen Käfig stecken und aufspießen«, knurrte die Vampirin. Der Spott machte sie erst richtig wütend,

und als sie mir das Gesicht wieder zuwandte, war ihr Lächeln erloschen.
Ich war auf der Hut. Ein gelungener Schlag hatte noch nichts zu bedeuten. Wenn ich jetzt unvorsichtig wurde und meine Wachsamkeit aufgab, hatte sie mich in null Komma nichts erledigt. Als sie auf mich zuging, wich ich wieder zurück. Ich ließ sie ein paar Meter herankommen und sprang dann auf ein benachbartes Brett. Dieses Manöver wiederholte ich mehrmals: Zurückweichen – Springen, Zurückweichen – Springen.
Ich wollte erreichen, dass sie ungeduldig wurde. Wenn ich ihre Angriffe immer wieder vereitelte, verlor sie vielleicht die Nerven und gab sich eine Blöße. Aber Vampire verfügen über eine sprichwörtliche Geduld, und Arra war da keine Ausnahme. Sie verfolgte mich so unbeirrt wie eine Katze einen Vogel und kümmerte sich nicht um die höhnischen Zwischenrufe der Zuschauer, die inzwischen dicht gedrängt den Schauplatz umringten. Sie ließ sich Zeit, machte mein Ausweichspielchen mit und wartete auf den günstigsten Moment, um erneut zuzustoßen.
Schließlich hatte sie mich in eine Ecke gedrängt, und ich musste mich verteidigen. Wie Vanez mir geraten hatte, führte ich eine Serie tiefer Schläge gegen ihre Knie und Zehen aus, aber ich hatte kaum noch Kraft, und sie nahm die Hiebe hin, ohne mit der Wimper zu zucken. Als ich mich

gerade bückte, um erneut nach ihren Füßen auszuholen, sprang sie auf eine benachbarte Planke und zog mir ihre Stange kräftig über den Rücken. Ich heulte vor Schmerz auf und fiel platt auf den Bauch. Meine Waffe polterte auf den Boden.

»Darren!«, rief Kurda aus und stürzte vor.

»Lass ihn in Ruhe«, blaffte Vanez und packte den Obervampir am Arm.

»Aber er ist verletzt!«

»Er wird schon nicht dran sterben. Demütige ihn nicht vor den ganzen Zuschauern. Lass ihn weiterkämpfen.«

Kurda schien skeptisch, aber er gehorchte.

Inzwischen war Arra offenbar zu der Überzeugung gelangt, dass ich genug hatte. Sie schlug nicht mehr zu, sondern schob mir das Ende ihrer Stange unter den Bauch und versuchte, mich von meinem Brett herunterzurollen. Jetzt leuchteten ihre Augen wieder siegesgewiss. Ich ließ meinen Rumpf von ihr bewegen, klammerte mich jedoch mit Händen und Füßen an die Planke, um nicht herunterzufallen. Dann schwang ich mich herum, bis ich mit dem Kopf nach unten hing, schnappte mir mit einer Hand meine Waffe und rammte sie Arra zwischen die Waden. Mit einer scharfen Drehung brachte ich sie zu Fall.

Sie kreischte auf, und für den Bruchteil einer Sekunde glaubte ich mich schon als Sieger, doch im Fallen griff auch sie nach ihrem Brett und hielt sich fest. Ihre Stange allerdings polterte zu Boden und rollte außer Reichweite.

Die etwa zwanzig oder dreißig versammelten Vampire applaudierten laut, als wir beide wieder auf die Füße kamen und einander misstrauisch beäugten. Ich hob grinsend meine Waffe. »Scheint so, als wäre *ich* jetzt im Vorteil«, triumphierte ich.

»Aber nicht mehr lange«, zischte Arra. »Ich kriege deine Stange schon noch zu fassen, und dann schlage ich dir den Schädel ein!«

»Ach ja?«, konterte ich. »Versuchen Sie's doch!«

Arra kam mit ausgebreiteten Armen auf mich zu. Ich hatte nicht erwartet, dass sie auch ohne Waffe weiterkämpfen würde, und wusste nicht, was ich tun sollte. Ich mochte keinen wehrlosen Gegner schlagen, schon gar nicht eine Frau.

»Sie können Ihre Stange aufheben, wenn Sie wollen«, bot ich ihr an.

»Es ist nicht erlaubt, die Planken zu verlassen«, gab sie zurück.

»Dann soll Ihnen eben jemand die Waffe hochreichen.«

»Das ist ebenfalls nicht gestattet.«

Ich trat einen Schritt zurück. »Ich kann nicht zuschlagen, wenn Sie unbewaffnet sind«, sagte ich. »Wie wär's, wenn ich meine Stange ebenfalls wegwerfe und wir mit bloßen Händen weitermachen?«

»Ein Vampir, der freiwillig seine Waffe wegwirft,

ist ein Dummkopf«, schnaubte Arra verächtlich. »Wenn du das tust, schnappe ich mir nach dem Kampf deine Stange und ramme sie dir in den Schlund, damit du das ein für alle Mal kapierst.«
»Schon gut«, fauchte ich gereizt. »Sie wollen es offenbar nicht anders.« Ich blieb stehen, hob die Waffe und holte aus.
Arra duckte sich, so dass ihr Schwerpunkt tiefer lag und sie nicht so leicht aus dem Gleichgewicht zu bringen war; das verschaffte mir endlich Gelegenheit, auf ihren Kopf zu zielen. Ich stieß mit dem Ende meiner Stange nach ihrem Gesicht.
Den ersten beiden Hieben konnte sie ausweichen, der dritte traf ihre Wange. Sie blutete zwar nicht, aber eine rote Strieme zeichnete sich ab.
Jetzt war es Arra, die zurückwich, wenn auch nur widerstrebend. Meine schwächeren Schläge fing sie mit Armen und Händen ab und ließ sich nur von den kräftigeren zurückdrängen. Wider besseres Wissen machte mich dieser scheinbare Erfolg übermütig, und ich glaubte, den Sieg schon in der Tasche zu haben. Anstatt mir Zeit zu lassen und sie durch Beharrlichkeit zum Aufgeben zu zwingen, holte ich zum endgültigen Schlag aus und machte damit alles wieder zunichte.
Ich zielte mit der Stange seitlich auf ihren Kopf, um sie am Ohr zu treffen, aber ich führte den Stoß weder kräftig noch schnell genug aus und streifte sie bloß. Bevor ich die Waffe für den nächsten

Hieb zurückziehen konnte, schossen Arras Hände vor.

Mit der Rechten packte sie das Ende meiner Stange und hielt sie fest. Die Linke ballte sie zur Faust und versetzte mir einen Kinnhaken. Beim zweiten Kinnhaken tanzten bereits bunte Sternchen vor meinen Augen. Als sie zum dritten ausholte, trat ich instinktiv zurück. Das nutzte sie aus, um mir mit einer geschickten Handbewegung die Waffe zu entwinden.

»So!«, grölte sie und wirbelte die Holzstange über dem Kopf. »Wer ist jetzt im Vorteil?«

»Ganz ruhig, Arra«, sagte ich nervös und zog mich dabei so schnell wie möglich zurück. »Ich habe Ihnen vorhin angeboten, dass Sie sich Ihre Stange zurückholen, erinnern Sie sich noch?«

»Und ich habe abgelehnt«, konterte sie.

»Lass dem Jungen seine Waffe, Arra«, mischte Kurda sich ein. »Du kannst nicht erwarten, dass er sich mit bloßen Händen verteidigt. Das ist nicht fair.«

»Na schön, *mein Kleiner«*, zischte sie mit ätzendem Spott. »Von mir aus darfst du um eine Ersatzstange bitten.« Ihre Stimme triefte vor Verachtung.

Ich schüttelte den Kopf. Zwar wünschte ich mir nichts sehnlicher als eine neue Waffe, doch ich wollte nicht hinter meiner Gegnerin zurückstehen, die schließlich auch nicht um eine Sonderregelung ersucht hatte. »Schon okay«, erwiderte ich. »Ich kämpfe auch ohne Stange weiter.«

»Darren!«, rief Kurda entsetzt. »Du bist wohl lebensmüde. Brich den Kampf ab, wenn du keine neue Waffe willst. Du hast dich bis jetzt tapfer geschlagen, und niemand hier zweifelt an deinem Mut.«

»Du vergibst dir nichts, wenn du jetzt aufhörst«, pflichtete Vanez ihm bei.

Die Augen der Vampirin funkelten siegessicher, und ich blieb stehen. »Nein«, sagte ich fest. »Ich gebe nicht auf. Ich verlasse diese Bretter erst, wenn ich herunterfalle.« Damit ging ich langsam vorwärts, wobei ich mich genauso duckte wie Arra zuvor.

Die Vampirin blinzelte verdutzt und hob dann ihre Stange, um dem Kampf ein rasches Ende zu bereiten. Den ersten Stoß parierte ich mit der Linken, nahm den zweiten in den Magen in Kauf, duckte mich unter dem dritten durch und wehrte den vierten mit der rechten Hand ab. Der fünfte jedoch erwischte mich mit voller Wucht am Hinterkopf. Benommen sank ich auf die Knie. Ich hörte noch ein sausendes Geräusch, dann traf mich das stumpfe Ende von Arras Waffe an der linken Wange, und ich fiel krachend zu Boden.

Als ich wieder zu mir kam, blickte ich an die Decke, umringt von besorgten Vampirgesichtern.

»Darren?«, fragte Kurda ängstlich. »Hörst du mich?«
»Was … ist passiert?«, ächzte ich.
»Sie hat dich k.o. geschlagen. Du warst bestimmt fünf Minuten bewusstlos. Wir wollten schon Hilfe herbeirufen.«
Ich richtete mich auf und zuckte vor Schmerz zusammen. »Warum dreht sich alles?«
Vanez lachte und half mir aufzustehen. »Kein Grund zur Beunruhigung«, verkündete er laut. »Eine kleine Gehirnerschütterung hat noch keinen Vampir umgebracht. Wenn der Junge sich einen Tag lang richtig ausschläft, ist er wieder so munter wie eine Fledermaus um Mitternacht.«
»Wie weit ist es noch zum Berg der Vampire?«, fragte ich.
»Das arme Kind weiß schon nicht mehr, wo es ist!«, raunzte Kurda den Wettkampfaufseher an und zog mich mit sich.
»Halt!«, rief ich, als mein Kopf etwas klarer wurde, und sah mich nach Arra Sails um. Sie hockte auf dem Steg und schmierte sich Salbe auf die zerschrammte Wange. Ich befreite mich aus Kurdas Griff, bahnte mir einen Weg durch die Menge und stellte mich so aufrecht wie möglich vor die Vampirin hin.
»Ja?«, sagte sie wachsam.
Ich streckte ihr die Hand hin und forderte sie auf: »Schlagen Sie ein.«

Arra blickte erst auf meine Hand und dann in meine verquollenen Augen. »Ein guter Kampf macht aus dir noch keinen Krieger.«

»Schlagen Sie ein!«, wiederholte ich wütend.

»Und wenn nicht?«

»Dann komme ich noch mal rauf und mache Sie fertig«, knurrte ich.

Arra musterte mich von oben bis unten, nickte schließlich und reichte mir die Hand. »Kraft und Sieg, Darren Shan«, sagte sie barsch.

»Kraft und Sieg«, antwortete ich schwach. Dann brach ich in ihren Armen zusammen. Mir wurde schwarz vor Augen, und ich kam erst in der folgenden Nacht in meiner Hängematte wieder zu Bewusstsein.

KAPITEL 18

Zwei Nächte nach meinem Zweikampf mit Arra Sails ließen die Fürsten Mr. Crepsley und mich endlich rufen.

Ich war immer noch so steif und zerschlagen, dass mein Meister mir beim Ankleiden helfen musste. Als ich meine mit blauen Flecken übersäten Arme über den Kopf reckte, stöhnte ich vor Schmerz.

»Ich kann's immer noch nicht fassen, dass du Arra Sails zum Kampf herausgefordert hast«, sagte Mr. Crepsley kopfschüttelnd. Er zog mich schon die ganze Zeit damit auf, dass ich so größenwahnsinnig gewesen war, mich mit der Vampirin anzulegen, aber aus seinem Spott hörte ich heraus, dass er insgeheim doch stolz auf mich war. »Sogar *ich* würde mir zweimal überlegen, mit ihr auf die Planken zu gehen.«

»Ich bin eben mutiger als Sie«, konterte ich.

»Dummheit und Mut sind zwei Paar Schuhe«, tadelte er. »Du hättest dich schwer verletzen können.«

»Sie reden ja schon wie Kurda.«

»Was das Kämpfen betrifft, teile ich keineswegs Kurdas Einstellung. Er ist aus Überzeugung friedfertig, was meiner Ansicht nach unserer Vampirnatur widerspricht. Aber er hat schon Recht, wenn er sagt, dass es manchmal besser ist, einer Auseinandersetzung aus dem Weg zu gehen. Nur ein Dummkopf kämpft weiter, wenn die Lage aussichtslos ist und nichts Wichtiges auf dem Spiel steht.«

»Meine Lage war nicht aussichtslos!«, rief ich gekränkt. »Ich hätte sie beinahe besiegt!«

Mein Lehrmeister lächelte nachsichtig. »Mit dir kann man einfach nicht reden. Nun ja, die meisten Vampire sind schrecklich stur. Ein Zeichen dafür, dass du allmählich dazulernst. Jetzt zieh dich aber endlich an. Wir dürfen die Fürsten nicht warten lassen.«

Die Fürstenhalle befand sich am höchsten Punkt im Inneren des Vampirberges. Es gab nur einen einzigen Zugang: einen langen, breiten Gang, der von einer Truppe Wachposten kontrolliert wurde. Ich selbst war noch nie so hoch oben gewesen, denn der Zutritt war nur jenen gestattet, die ausdrücklich in die Halle beordert wurden.

Die Grüngekleideten beobachteten uns auf Schritt und Tritt. Waffen und sämtliche Gegenstände, die als solche dienen konnten, waren in der Fürstenhalle verboten. Sogar Schuhe waren untersagt, denn man hätte ja einen Dolch in der Sohle verstecken können, und wir wurden an drei verschiedenen Kontrollstationen von Kopf bis Fuß abgetastet. Die Posten fuhren uns sogar mit Kämmen durch die Haare, um sich zu vergewissern, dass wir keine Drahtschlingen mitführten!

»Was sollen diese ganzen Sicherheitsvorkehrungen?«, zischte ich meinem Meister zu. »Ich dachte, die Fürsten werden von allen Vampiren respektiert?«

»Das stimmt auch«, gab er im Flüsterton zurück. »Es geschieht eher um der Tradition willen.«

Der Tunnel mündete in eine riesige Höhle, in deren Mitte eine seltsame, weiß glänzende Kuppel aufragte. So ein Gebäude hatte ich noch nie gesehen: Die Wände pulsierten, als wären sie lebendig, und wiesen keinerlei Fugen oder Risse auf.

»Was ist das?«, fragte ich verwundert.

»Die Fürstenhalle«, erwiderte mein Meister.

»Woraus besteht sie? Stein, Marmor, Metall?«

Mr. Crepsley zuckte die Achseln. »Das weiß niemand.« Er ging ungehindert darauf zu (die einzigen Wachen an diesem Ende des Tunnels waren an der Eingangspforte der Kuppel postiert) und forderte mich auf, die Hände auf die Außenwand zu legen.

»Es fühlt sich warm an!«, japste ich ver-

blüfft. »Und es zuckt! Was um alles in der Welt *ist* das?«
»Früher einmal sah die Fürstenhalle wie jede andere Höhle aus«, erklärte Mr. Crepsley in seiner üblichen weitschweifigen Art. »Dann tauchte eines Nachts Meister Schick auf und verkündete, er habe ein paar Geschenke für uns. Das war kurz nachdem sich die Vampyre von uns losgesagt hatten. Die ›Geschenke‹ waren diese Kuppel – die seine Kleinen Leute erbauten, ohne dass ein Vampir dabei zusehen durfte – und der Stein des Blutes. Kuppel und Stein sind magische Objekte. Sie ...«
Einer der Türwächter rief laut unsere Namen auf: »Larten Crepsley! Darren Shan!«
Eilig gingen wir zu ihm hinüber.
»Ihr dürft jetzt eintreten«, verkündete der Grüngekleidete und pochte viermal mit seinem langen Speer an die Pforte, die so lautlos aufglitt wie eine Automatiktür. Wir traten ein.
Obwohl keine Fackeln brannten, war es im Inneren der Fürstenhalle taghell, viel heller als überall sonst im Berg. Das Licht schien den Kuppelwänden selbst zu entströmen, aber das war zweifellos Meister Schicks Geheimnis. Lange Bänke, die an Kirchengestühl erinnerten, standen kreisförmig um eine große, freie Fläche in der Mitte der Kuppel, auf der lediglich ein Podest mit vier hölzernen Thronsesseln errichtet war. Auf dreien

davon hatten Vampirfürsten Platz genommen. Mr. Crepsley hatte mir schon erklärt, dass immer ein Fürst dem Konzil fernblieb, falls den drei anderen während der Sitzung etwas zustoßen sollte. Die Wände waren kahl; es gab weder Gemälde noch Fahnen oder Standbilder – es war ein sehr nüchterner Ort, nicht gedacht für prunkvolle Zeremonien.

Die meisten Bänke waren bereits besetzt. Gewöhnliche Vampire saßen hinten, die mittleren Plätze waren für das Personal des Berges, Wachen und dergleichen reserviert. In den vorderen Reihen drängten sich die Obervampire. Mr. Crepsley und ich gingen zur dritten Reihe von vorn durch und schoben uns auf die Plätze neben Kurda Smahlt, Gavner Purl und Harkat Mulds, die uns bereits erwarteten.

Ich freute mich, die Blaukutte wiederzusehen, und erkundigte mich, wie es ihm in der Zwischenzeit ergangen war.

»Musste ... Fragen beantworten«, erwiderte er stockend. »Hab immer ... dasselbe gesagt.«

»Konntest du dich dabei wieder an deine Vergangenheit erinnern?«

»Nein.«

»Jetzt quäl du den Ärmsten nicht auch noch«, lachte Gavner, beugte sich vor und drückte mir zur Begrüßung freundschaftlich die Schulter. »Wir haben Harkat praktisch mit Fragen gefoltert, damit er sich erinnert. Aber er hat sich nicht ein einziges Mal beklagt. Ich an seiner Stelle wäre längst ausgerastet. Nicht einmal schlafen durfte er!«

»Brauch nicht ... viel Schlaf«, murmelte Harkat bescheiden.

»Hast du dich von deinem Kämpfchen mit Arra erholt, Darren?«, erkundigte sich Kurda.

Bevor ich antworten konnte, dröhnte Gavner: »Hat sich schon überall rumgesprochen! Was um alles in der Welt hast du dir bloß dabei gedacht? Ich würde mich lieber mit nacktem Hintern in eine Grube voller Skorpione setzen, als Arra Sails auf den Planken herauszufordern. Ich habe mit eigenen Augen gesehen, wie sie in einer einzigen Nacht zwanzig erfahrene Vampire zu Hackfleisch gemacht hat.«

»Mir war grade danach«, grinste ich.

Gavner wurde abgelenkt, als einige angeregt diskutierende Obervampire um seine Meinung ersuchten (überall in der Fürstenhalle redeten sich kleine Gruppen von Vampiren die Köpfe heiß), was wiederum Mr. Crepsley Gelegenheit verschaffte, seine unterbrochene Erklärung wieder aufzunehmen.

»Die Kuppel ist magisch. Es gibt nur den einen Eingang. Die Wände sind unzerstörbar, weder Werkzeug, noch Sprengstoff oder Säure können ihnen etwas anhaben. Sie bestehen aus dem sta-

bilsten Material, das Menschen und Vampiren bekannt ist.«
»Woher stammt es?«
»Das wissen wir nicht. Die Kleinen Leute haben es in verschlossenen Wagen hierher transportiert. Sie brauchten Monate, um das Gewölbe Abschnitt für Abschnitt hochzuziehen. Sie haben uns verboten, dabei zuzusehen, wie sie es verfugten. Seitdem haben sich unsere besten Baumeister darüber den Kopf zerbrochen, aber keiner konnte das Geheimnis seiner Entstehung lüften.
Nur Vampirfürsten können die Tür öffnen«, fuhr er fort. »Sie legen entweder die Handflächen direkt auf die Türflügel oder bedienen sie von ihren Thronen aus, indem sie die Hände auf die Armlehnen pressen.«
»Dann funktioniert es wahrscheinlich elektronisch«, meinte ich. »Die Türen ›lesen‹ ihre Fingerabdrücke, stimmt's?«
Mein Meister schüttelte den Kopf. »Diese Halle wurde vor vielen hundert Jahren erbaut, lange bevor die Elektrizität überhaupt entdeckt wurde. Hier sind entweder übersinnliche Kräfte am Werk oder eine überaus fortschrittliche Technologie, die wir noch nicht kennen.
Siehst du den roten Stein hinter den Fürsten?«, fragte er dann. Der Stein ruhte auf einem Sockel etwa fünf Meter hinter dem Podest mit den Thronsesseln. Er war eiförmig und ungefähr dop-

pelt so groß wie ein Fußball. »Das da ist der Stein des Blutes. Er ist der wahre Schlüssel, nicht nur zu dieser Kuppel, sondern zur Perpetuierung des Geschlechts der Vampire selbst.«

»Perpe... was?«

»Perpetuierung. Das bedeutet, dass unser Clan nicht ausstirbt.«

»Was hat denn ein Stein damit zu tun?« Ich war verwirrt.

»Der Stein besitzt verschiedene Fähigkeiten«, erläuterte Mr. Crepsley. »Jeder Vampir, der in unsere Gemeinschaft aufgenommen wird, muss sich vor den Stein stellen und die Hände darauf legen. Die Oberfläche sieht zwar so glatt aus wie eine Glaskugel, aber sie ist schärfer als jede Messerklinge. Sie saugt das Blut auf – daher auch der Name des Steins – und verbindet den Vampir auf diese Weise für immer mit dem mentalen Kollektiv unseres Geschlechts.«

»Mentales Kollektiv? Was ist das denn schon wieder?«, fragte ich und wünschte mir zum hundertsten Mal, dass mein Lehrmeister sich verständlich ausdrücken würde.

»Du weißt doch, dass ein Vampir den Aufenthaltsort eines anderen feststellen kann, sobald er mental, also geistig, mit ihm verbunden ist, nicht wahr?«

»Ja.«

»Nun, mit der Methode der Triangulation können wir auch jene Personen ausfindig machen, mit denen wir *nicht* verbunden sind, und dazu brauchen wir den Stein.«

»Triang... *häh?«*, stöhnte ich entnervt.

»Nehmen wir mal an, du wärst ein richtiger Vampir und der Stein hätte dein Blut aufgesogen. Mit deinem Blut gibst du auch deinen Namen in den Stein ein, unter dem dich die anderen Vampire und der Stein selbst von nun an identifizieren können. Wenn ich also wissen will, wo du dich aufhältst, brauche ich nur meine Hände auf den Stein des Blutes zu legen und mir deinen Namen ins Gedächtnis zu rufen. In Sekundenschnelle verrät mir der Stein deinen exakten Aufenthaltsort, ganz egal, wo auf der Welt du dich gerade befindest.«

»Auch wenn ich gar nicht entdeckt werden will?«

»Ja. Aber es würde mir nichts nützen, lediglich deinen Aufenthaltsort zu ermitteln, denn bis ich mich selbst dorthin begeben hätte, wärst du längst weitergezogen. Deshalb wendet man in solchen Fällen die Triangulation an, was einfach bedeutet, dass drei Personen beteiligt sind. Wenn ich dich also finden will, nehme ich zunächst Kontakt zu einer anderen Person auf, mit der ich geistig verbunden bin, zum Beispiel zu Gavner, übermittle ihm gedanklich deinen Standort und dirigiere ihn mit Hilfe des Steines zu dir hin.«

Ich dachte einen Augenblick lang schweigend

nach. Es war eine raffinierte Methode, dennoch schien sie mir ein paar Schwachstellen zu haben.

»Kann jeder Beliebige den Stein benutzen, um einen bestimmten Vampir ausfindig zu machen?«, fragte ich.

»Jeder, der die Kunst der mentalen Verständigung beherrscht.«

»Auch Menschen oder Vampyre?«

»Vampyre auf jeden Fall, Menschen beherrschen diese Technik nur selten.«

»Ist der Stein dann nicht ziemlich gefährlich? Wenn ein Vampyr die Hände darauf legt, kann er doch jeden Vampir aufspüren, dessen Namen er kennt, und seine Artgenossen auf ihn hetzen.«

Mr. Crepsley lächelte grimmig. »Die Prügel, die du von Arra Sails bezogen hast, haben deinem Verstand offenbar nicht geschadet. Du hast ganz Recht. Wenn der Stein des Blutes in die falschen Hände gelangt, könnte es das Ende unserer Sippe bedeuten. Mit seiner Hilfe könnten die Vampyre uns bis zum letzten Mann ausrotten. Sie könnten sogar Vampire ausfindig machen, deren Namen sie nicht kennen, denn mit Hilfe des Steins kann man nicht nur Namen, sondern auch Orte überprüfen. Das heißt, sie könnten die ganze Welt nach uns durchforsten und uns von ihren Kameraden umbringen lassen. Deshalb bewahren wir den Stein ja auch in dieser Kuppel auf und lassen ihn keine Sekunde lang unbewacht.«

»Wäre es nicht besser, ihn zu vernichten?«, meinte ich.
Kurda hatte zugehört und nickte zustimmend. »Genau das habe ich den Fürsten schon vor langer Zeit vorgeschlagen. Der Stein kann zwar ebenso wie diese Kuppel nicht mit gewöhnlichen Werkzeugen oder Sprengstoffen zerstört werden, aber das bedeutet noch lange nicht, dass es keine sichere Methode gibt, ihn wieder loszuwerden. ›Schmeißt das verdammte Ding in einen Vulkankrater‹, habe ich sie angefleht, ›oder versenkt es im Meer.‹ Aber sie wollten nicht auf mich hören.«
»Wieso nicht?«, fragte ich verwundert.
»Dafür gibt es mehrere Gründe«, kam Mr. Crepsley Kurda zuvor. »Erstens kann man den Stein auch dazu benutzen, Vampire ausfindig zu machen, die sich verirrt haben oder Hilfe brauchen, ebenso solche, deren Verstand sich getrübt hat und die eine Gefahr für andere darstellen. Auf diese Weise sind wir nicht nur durch Tradition an die Gesetze unserer Sippe gebunden, sondern können jederzeit mit Beistand rechnen, wenn wir ein anständiges Leben führen, müssen aber auch Bestrafung fürchten, wenn wir gegen die Regeln verstoßen. Der Stein sorgt innerhalb unseres Clans für Ordnung.
Außerdem brauchen wir ihn noch, um die Pforte der Kuppel zu bedienen. Wenn ein Vampir zum Fürsten ordiniert wird, ist der Stein ein wichtiger

Bestandteil der Zeremonie. Der Thronanwärter stellt sich zusammen mit zwei anderen Fürsten im Kreis um den Stein auf. Die bereits amtierenden Fürsten pumpen mit einer Hand ihr Blut in den Neuling hinein und legen dabei die andere auf den Stein. Auf diese Weise entsteht ein Kreislauf: Das Blut fließt von den alten Fürsten in den neuen, dann in den Stein und wieder zurück. Ist die Zeremonie beendet, kann auch der neue Fürst die Tür der Halle öffnen und schließen. Ohne den Stein hätte er zwar einen hohen Rang, aber keine Macht.

Und dann gibt es noch einen dritten Grund, weshalb der Stein des Blutes für uns unentbehrlich ist – den Lord der Vampyre.« Mr. Crepsleys Gesicht verdüsterte sich. »Die Legende besagt, dass der Lord der Vampyre unser Geschlecht bei seinem Erscheinen auslöschen wird. Nur der Stein kann uns helfen, eines Nachts wieder aufzuerstehen.«

»Aber wie?«

»Das wissen wir leider nicht«, seufzte mein Lehrer. »Aber Meister Schick hat es prophezeit, und da er den Stein schließlich mit seinen magischen Fähigkeiten ausgestattet hat, haben wir ein gewisses Vertrauen in das, was er sagt. Offensichtlich müssen wir den Stein von nun an noch schärfer als zuvor bewachen. Harkats Botschaft von der bevorstehenden Ankunft des Lords bereitet vielen

von uns schlaflose Tage. Aber solange wir den Stein besitzen, besteht noch Hoffnung. Ihn jetzt zu vernichten, wäre unser sicheres Ende.«
»Bei Charnas Eingeweiden!«, schnaubte Kurda abfällig. »Ich glaube nicht an diese alten Geschichten. Meiner Meinung nach sollten wir den Stein so schnell wie möglich loswerden, diese Kuppel hier schließen und eine neue Fürstenhalle bauen. Abgesehen von allem, was sonst noch dafür spricht, ist der Stein einer der Hauptgründe, weswegen die Vampyre zögern, sich mit uns auszusöhnen. Sie schrecken davor zurück, sich einem von Meister Schicks magischen Werkzeugen zu unterwerfen. Ich kann es ihnen nicht verdenken. Wenn sie sich geistig mit dem Stein verbinden, wären sie ein für alle Mal unauflöslich mit unserer Sippe vereint. Wir könnten den Stein genauso gut dazu benutzen, sie allesamt aufzustöbern und abzuschlachten. Ohne den Stein würden sie sich vielleicht wieder mit uns zusammentun, und dann gäbe es keine zwei verfeindeten Sippen mehr. Vampyre und Vampire wären wie früher eine große Familie, und damit wäre zugleich die Bedrohung durch den Lord der Vampyre aus der Welt geschafft.«
»Soll das etwa heißen, dass du den Stein des Blutes vernichten willst, wenn du erst Fürst bist?«
»Ich werde es zumindest anregen«, bestätigte Kurda. »Es ist ein heikles Thema, und ich erwarte

von den Obervampiren keine sofortige Zustimmung, aber ich hoffe, dass ich sie im Verlauf der Verhandlungen mit den Vampyren davon überzeugen kann.«

»Hast du das vor deiner Wahl bekannt gegeben?«, hakte Mr. Crepsley nach.

Kurda trat verlegen von einem Fuß auf den andern. »Na ja, nicht direkt, aber so läuft es nun mal in der Politik. Man darf nicht gleich alle Karten auf den Tisch legen. Wenn mich jemand gefragt hätte, wie ich über den Stein denke, hätte ich die Wahrheit gesagt. Aber ... es hat niemand gefragt«, schloss er lahm.

»Politik!«, schnaubte mein Meister verächtlich. »Es ist wahrlich eine traurige Nacht für die Vampire, wenn unsere Fürsten sich schon freiwillig in den verhängnisvollen Netzen der Politik verstricken.« Er wandte Kurda demonstrativ den Rücken zu und blickte stur geradeaus auf das Podium.

»Jetzt habe ich ihn verärgert«, zischte Kurda mir zu.

»Das geht schnell bei ihm«, zischte ich zurück und erkundigte mich flüsternd, ob auch *ich* mich mit dem Stein des Blutes verbinden müsse.

»Nicht bevor du ein vollwertiger Vampir bist«, beruhigte mich Kurda. »Gelegentlich haben zwar schon Halbvampire an der Zeremonie teilgenommen, aber das waren Ausnahmen.«

Bevor ich ihn weiter über den geheimnisvollen Stein des Blutes und die Kuppel ausquetschen konnte, schlug ein offiziell aussehender Obervampir mit einem schweren Stab dröhnend auf den Boden des Podiums und rief mich und meinen Lehrmeister auf.
Das Verhör begann.

KAPITEL 19

Die drei anwesenden Fürsten waren Paris Skyle, Mika Ver Leth und Pfeilspitze (der vierte, Vancha March, war dem Konzil ferngeblieben).
Paris Skyle hatte einen langen, grauen Bart, wehendes, weißes Haar, nur ein Ohr und war mit über achthundert Jahren der älteste noch lebende Vampir. Er wurde von seinen Artgenossen nicht nur wegen seines ehrwürdigen Alters und hohen Ranges verehrt, sondern auch wegen der Heldentaten seiner Jugend. Der Legende zufolge war Paris Skyle überall dabei gewesen und hatte immerzu mitgemischt. Einige dieser Geschichten waren sehr phantasievoll – zum Beispiel war Paris angeblich mit Kolumbus nach Amerika gesegelt und hatte auf diese Weise den Vampirismus auch in die Neue Welt gebracht. Danach hatte er Seite an Seite mit Johanna von Orléans gekämpft (die offenbar nichts gegen Vampire einzuwenden hatte) und zu guter Letzt noch das Vorbild für Bram Stokers berühmten Roman *Dracula* geliefert. Aber das musste nicht bedeuten, dass diese Erzählungen allesamt erfunden waren. Vampire sind

schließlich von Natur aus phantastische Geschöpfe.

Mika Ver Leth war mit ›nur‹ zweihundertsiebzig Jahren der jüngste derzeit amtierende Fürst. Er hatte glänzendes schwarzes Haar, Augen wie glühende Kohlen und war dazu noch ganz in Schwarz gekleidet. Er sah sogar noch strenger aus als Mr. Crepsley. Auf der Stirn und um die Mundwinkel hatte er tiefe Falten, und ich vermutete, dass er nur selten lächelte, wenn überhaupt.

Pfeilspitze war ein gedrungener Mann, auf dessen Arme und Wangen lange Pfeile tätowiert waren. Er war ein gefürchteter Krieger und für seinen Hass auf die Vampyre berüchtigt. Vor seinem Aufstieg zum Obervampir war er mit einer Menschenfrau verheiratet gewesen, bis ein Vampyr, der Pfeilspitze zum Kampf herausgefordert hatte, sie umbrachte. Danach war Pfeilspitze verbittert und wortkarg in den Schoß seiner Sippe zurückgekehrt und hatte sich auf seine Ausbildung zum Obervampir konzentriert. Seither gab es für ihn nur noch seine Arbeit.

Alle drei Fürsten waren breitschultrig und muskulös. Sogar der greise Paris Skyle sah immer noch aus, als könnte er mit einer Hand einen ausgewachsenen Ochsen stemmen.

»Sei uns gegrüßt, Larten«, wandte sich Paris in herzlichem Ton an meinen Meister und strich sich den Bart. »Schön, dass du dich mal wieder in der

Fürstenhalle blicken lässt. Ich dachte schon, ich würde dich nicht mehr wiedersehen.«

»Ich hatte doch geschworen zurückzukommen«, erwiderte Mr. Crepsley und verbeugte sich respektvoll.

»Ich hatte auch nicht angenommen, dass du deinen Schwur brichst«, sagte der Alte lächelnd. »Ich dachte nur, dass ich es vielleicht nicht mehr erlebe. Ich bin alt und klapprig geworden, mein Freund. Meine Nächte sind gezählt.«

»Du wirst uns alle überleben, Paris«, widersprach mein Meister.

»Warten wir's ab«, seufzte der Greis und musterte mich forschend, während Mr. Crepsley sich auch vor den anderen Fürsten verneigte. Als er schließlich wieder neben mir stand, fuhr der weißhaarige Fürst fort: »Das muss dein Gehilfe Darren Shan sein. Gavner Purl hat mir schon viel Lobenswertes über ihn erzählt.«

»Er hat gutes Blut und ein tapferes Herz«, bestätigte der Angesprochene. »Darren ist ein ausgezeichneter Gehilfe und wird eines Nachts einen erstklassigen Vampir abgeben.«

»*Eines Nachts* – in der Tat!«, schnaubte Mika Ver Leth mit einem unfreundlichen Seitenblick auf mich. »Er ist ja noch ein Kind! Jetzt ist wahrhaftig nicht der geeignete Zeitpunkt, kleine Jungs in unsere Reihen aufzunehmen. Wie um alles in der Welt bist du bloß auf die Idee gekommen ...«

»Bitte, Mika«, unterbrach ihn Paris Skyle. »Hüte dich vor einem vorschnellen Urteil. Wir alle kennen und schätzen Larten Crepsley und wollen ihn mit dem Respekt behandeln, der ihm gebührt. Ich weiß zwar auch nicht, was ihn dazu bewogen hat, ein Kind anzuzapfen, aber ich bin sicher, dass er uns seine Beweggründe schlüssig darlegen kann.«
»Ich finde es nur total verrückt, ausgerechnet in diesen Nächten und Zeiten«, murrte Mika Ver Leth, schwieg dann aber. Jetzt wandte sich Paris mir zu.
»Entschuldige, wenn wir dir unhöflich vorkommen, Darren. Wir sind keine Kinder gewöhnt. Es ist schon lange her, seit uns zuletzt jemand deines Alters vorgestellt wurde.«
»Ich bin kein Kind mehr«, schmollte ich. »Ich bin schon seit acht Jahren Halbvampir. Es ist nicht meine Schuld, dass man mir das nicht ansieht.«
»Sehr richtig!«, rief Mika Ver Leth dazwischen. »Die Schuld trägt dieser Vampir dort, der dich angezapft hat. Er ...«
»Mika!«, zischte Paris ungehalten. »Dieser Vampir, dessen Verhalten stets über jeden Tadel erhaben war, und sein Gehilfe treten vertrauensvoll vor uns hin und bitten um Gehör. Ob wir nun mit Larten Crepsleys Entscheidung einverstanden sind oder nicht, die beiden haben ein Anrecht auf höfliche Behandlung und dürfen nicht auf diese Weise vor ihresgleichen gedemütigt werden.«

Mika gab sich einen Ruck, stand auf und verbeugte sich vor uns. »Tut mir Leid«, knurrte er mit zusammengebissenen Zähnen. »Ich habe mich vergessen. Soll nicht wieder vorkommen.«
Ein Raunen ging durch die Halle. Aus dem Gemurmel schloss ich, dass es absolut unüblich für einen Fürsten war, sich bei jemandem zu entschuldigen, der im Rang unter ihm stand, zumal wenn derjenige ein ehemaliger Obervampir war.
Man brachte uns zwei Stühle. »Also, Larten«, sagte Paris. »Setz dich und erzähl uns, was seit unserer letzten Begegnung so alles passiert ist.«
Mr. Crepsley begann zu berichten. Er schilderte den Fürsten sein Leben beim Cirque du Freak, die Orte, an denen er gewesen war, und die Menschen, mit denen er zu tun gehabt hatte. Als er auf Murlough zu sprechen kam, trat er dicht vor das Podest und wandte sich im Flüsterton an die Fürsten, so dass die übrigen Anwesenden nicht mithören konnten. Er erzählte Paris und den beiden anderen von dem geisteskranken Vampyr und dass wir ihn getötet hatten. Diese Nachricht beunruhigte die Fürsten zutiefst.
»Das ist sehr bedenklich«, meinte Paris stirnrunzelnd. »Wenn die Vampyre Wind davon bekommen, könnten sie es als Vorwand für einen neuen Krieg benutzen.«
»Aber ich bin kein reguläres Mitglied der Ge-

meinschaft mehr«, gab mein Meister zu bedenken.
»Wenn sie so richtig wütend sind, dürften sie diesen Umstand gern übersehen«, konterte Mika Ver Leth. »Falls das Gerücht über den Lord der Vampyre auf Tatsachen beruht, müssen wir in Zukunft im Umgang mit unseren Blutsverwandten äußerste Vorsicht walten lassen.«
»Trotzdem finde ich, dass Larten richtig gehandelt hat«, meldete sich Pfeilspitze jetzt zum ersten Mal zu Wort. »Wenn er noch Obervampir wäre, würde ich die Sache anders sehen, aber als unabhängig Handelnder unterliegt er nicht mehr unseren Gesetzen. Ich an seiner Stelle hätte dasselbe getan. Er ist sehr umsichtig zu Werke gegangen. Wir dürfen ihm keinen Vorwurf daraus machen.«
»Nein«, stimmte auch Mika zu. Mit einem Seitenblick auf mich setzte er hinzu: »*Daraus* jedenfalls nicht.«
Nachdem die Angelegenheit mit Murlough fürs Erste geklärt schien, kehrten wir auf unsere Plätze zurück und sprachen wieder so laut, dass uns alle verstehen konnten.
»Nun müssen wir uns mit deinem Gehilfen befassen«, sagte Paris mit ernster Miene. »Wir alle wissen, dass die Welt sich im Lauf der letzten Jahrhunderte gewandelt hat. Die Menschen halten enger zusammen und haben ihre Gesetze, besonders die zum Schutz ihrer Nachkommen, verschärft.

Aus diesem Grund verzichten wir inzwischen darauf, Kinder anzuzapfen. Auch in der Vergangenheit ist dergleichen nur selten vorgekommen. Es ist neunzig Jahre her, seit wir zuletzt ein Kind in unsere Gemeinschaft aufgenommen haben. Erläutere uns bitte, warum du mit dieser Tradition gebrochen hast, Larten.«

Mr. Crepsley räusperte sich und sah den drei Fürsten nacheinander fest in die Augen, zuletzt Mika. »Dafür habe ich keine akzeptable Begründung«, sagte er dann ruhig, und aus den Reihen der Zuhörer ertönten unterdrückte Ausrufe und erregtes Flüstern.

»Ich darf um Ruhe bitten!«, rief Paris laut, worauf es schlagartig still wurde. Als der alte Fürst sich uns wieder zuwandte, hatte er die Stirn in sorgenvolle Falten gelegt. »Heraus mit der Sprache, Larten. Ohne triftigen Grund hättest gerade du niemals ein Kind angezapft. Hast du vielleicht versehentlich seine Eltern getötet und dich verpflichtet gefühlt, dich von da an um ihn zu kümmern?«

»Seine Eltern erfreuen sich bester Gesundheit«, verneinte der Befragte.

»Alle beide?«, raunzte Mika.

»Jawohl.«

»Suchen sie etwa nach ihm?«, fragte Paris.

»Nein. Wir haben seinen Tod vorgetäuscht. Sie haben ihn bestattet.«

»Immerhin etwas«, murmelte der Alte. »Aber noch einmal: Warum hast du ihn überhaupt angezapft?«

Als Mr. Crepsley schwieg, sah Paris mich an: »Kennst *du* vielleicht den Grund, Darren?«

Um meinem Meister beizustehen, sagte ich: »Ich hatte die Wahrheit über ihn herausgefunden. Vielleicht blieb ihm nur die Wahl, mich entweder umzubringen oder zu seinem Gehilfen zu machen.«

»Diese Begründung leuchtet mir ein«, nickte der weißhaarige Fürst.

»Aber sie entspricht leider nicht der Wahrheit«, seufzte Mr. Crepsley. »Ich hatte niemals Angst, dass Darren mich entlarvt. Außerdem hat er die Wahrheit über mich nur herausgefunden, weil ich versucht habe, seinen gleichaltrigen Freund anzuzapfen.«

Diese Erklärung führte zu erneuten Zwischenrufen, und es dauerte ein paar Minuten, bis die Fürsten Ruhe und Ordnung wiederhergestellt hatten. Dann nahm Paris das Verhör mit noch besorgterer Miene wieder auf. »Du wolltest ursprünglich einen *anderen* Jungen anzapfen?«

Mein Meister nickte. »Aber er hatte schlechtes Blut. Aus ihm wäre kein guter Vampir geworden.«

»Noch mal der Reihe nach«, unterbrach ihn Mika barsch. »Du hast erfolglos versucht, den ersten Jungen anzuzapfen, und als sein Freund das herauskriegte, hast du dir stattdessen *ihn* vorgeknöpft.«

»So könnte man es ungefähr ausdrücken«, bestätigte Mr. Crepsley. »Außerdem musste ich so schnell handeln, dass ich es unverzeihlicherweise unterlassen habe, Darren reinen Wein über die Folgen einzuschenken. Zu meiner Verteidigung darf ich anführen, dass ich ihn zuvor gründlich beobachtet und mich von seiner Zuverlässigkeit und Charakterstärke überzeugt habe.«

»Und wie bist du auf den ersten Jungen verfallen, den mit dem schlechten Blut?«, hakte Paris nach.

»Er wusste, wer ich bin. Er hatte in einem alten Buch ein Bild von mir gesehen, das zu der Zeit entstanden sein muss, als ich noch Vur Horston hieß. Daraufhin hat er mich ausdrücklich darum ersucht, mein Gehilfe zu werden.«

»Warum hast du ihm nicht einfach gesagt, dass wir keine Kinder anzapfen?«, mischte sich Mika wieder ein.

»Ich habe es ja versucht, aber ...« Mr. Crepsley schüttelte niedergeschlagen den Kopf. »Es war, als hätte ich mich plötzlich nicht mehr unter Kontrolle. Ich wusste genau, dass es falsch war, aber wenn er nicht schlechtes Blut gehabt hätte, hätte ich ihn auf der Stelle angezapft. Besser kann ich es nicht erklären, weil ich es selbst nicht begreife.«

»Das willst du uns doch nicht im Ernst erzählen«, brauste Mika auf.

»Doch«, sagte Mr. Crepsley leise.

Hinter uns hüstelte jemand, und Gavner Purl trat vor. »Ist es mir gestattet, etwas zu Gunsten meines Freundes vorzubringen?«, erkundigte er sich höflich.

»Jederzeit«, sagte Paris rasch. »Alles ist willkommen, was zur Aufklärung dieses Falles beiträgt.«

»Das kann ich natürlich nicht garantieren«, erwiderte Gavner, »aber ich möchte noch einmal bestätigen, dass Darren wirklich ein außergewöhnlicher Junge ist. Trotz seiner Jugend hat er die anstrengende Reise hierher ohne Klagen durchgestanden und hat unterwegs sogar mit einem toll gewordenen Bären gekämpft, der sich an Vampyrblut vergiftet hatte. Sicher ist Euch inzwischen auch seine Fechtpartie mit Arra Sails zu Ohren gekommen.«

Paris nickte und lachte leise in sich hinein.

»Er ist intelligent, tapfer und ehrlich. Ich glaube, dass er das Zeug zu einem guten Vampir hat, ja, dass er sich bei passender Gelegenheit sogar auszeichnen wird. Er ist zwar noch sehr jung, aber wir haben schon Jüngere als ihn in unsere Reihen aufgenommen. Ihr selbst wart sogar erst zwei Jahre alt, als Ihr angezapft wurdet, nicht wahr, Euer Gnaden?«

»Darum geht es hier nicht!«, rief Mika Ver Leth dazwischen. »Selbst wenn dieser Knabe ein zweiter Khledon Lurt wäre – das spielt jetzt keine

Rolle. Hier geht es um Fakten: Vampire zapfen keine Kinder mehr an. Wir schaffen einen gefährlichen Präzedenzfall, wenn wir diese Verletzung unserer Regeln einfach so durchgehen lassen.«

»Ich teile Mikas Ansicht«, pflichtete Pfeilspitze ihm bei. »Es geht hier nicht um die Tapferkeit und die Fähigkeiten des Jungen. Larten hat einen schweren Fehler begangen. Das ist unser Thema.«

Paris nickte bedächtig. »Die beiden haben Recht, Larten. Wir können deine Tat nicht einfach so hinnehmen. Du an unserer Stelle würdest einen solchen Verstoß gegen die Gesetze auch nicht dulden.«

»Ich weiß«, nickte mein Meister. »Ich hoffe auch nicht um Vergebung, nur auf Verständnis. Und ich möchte darum bitten, dass Darren aus meinem voreiligen Entschluss keine Nachteile entstehen. Der Fehler liegt einzig und allein bei mir, ich allein verdiene Bestrafung.«

»Ich habe nicht von *Bestrafung* gesprochen«, sagte Mika jetzt verlegen. »Ich will an dir kein Exempel statuieren, und es liegt mir fern, deinen guten Namen in den Schmutz zu ziehen.«

»Keiner von uns möchte das«, bestätigte Pfeilspitze. »Aber was sollen wir tun? Larten hat nun mal gegen die Gesetze verstoßen, und wir müssen angemessen darauf reagieren.«

»Wir sollten dabei allerdings Nachsicht walten lassen«, warf Paris ein.

»Ich habe nicht um Nachsicht gebeten«, erwiderte Mr. Crepsley steif. »Ich bin kein junger, unbesonnener Vampir mehr und erwarte keine Sonderbehandlung. Wenn ihr meine Hinrichtung beschließt, werde ich euren Urteilsspruch akzeptieren. Falls ...«

»Ich will aber nicht der Grund für Ihren Tod sein!«, rief ich verzweifelt dazwischen.

»... Falls ihr beschließt, mich auf die Probe zu stellen«, fuhr mein Meister unbeirrt fort, »werde ich mich jeder Herausforderung stellen und dabei nötigenfalls auch mein Leben riskieren.«

»Niemand will dich auf die Probe stellen«, sagte Paris ärgerlich. »So etwas heben wir uns für Vampire auf, die sich in der Schlacht nicht bewährt haben. Ich wiederhole es noch einmal: Keiner von uns zweifelt an deinem guten Ruf.«

»Vielleicht ...«, begann Pfeilspitze zögernd, unterbrach sich aber sofort wieder. Nach einer Pause versuchte er es noch einmal. »Ich glaube, ich habe die Lösung. Als Larten eben von einer Probe gesprochen hat, ist mir etwas eingefallen. Es gibt tatsächlich eine Möglichkeit, dieses Problem zu lösen, ohne unseren alten Freund zu töten oder seine Ehre zu besudeln.« Er beugte sich vor, zeigte auf mich und sagte kalt: »Wie wäre es, wenn wir den *Jungen* auf die Probe stellen?«

KAPITEL 20

Es war lange still. Schließlich brach Paris Skyle das Schweigen. »Warum nicht?«, sagte er nachdenklich. »Stellen wir den Jungen auf die Probe.«

»Ich hatte doch ausdrücklich darum gebeten, Darren aus dem Spiel zu lassen!«, protestierte Mr. Crepsley.

»O nein«, widersprach Mika. »Du hast gesagt, er soll nicht *bestraft* werden. Das wird er auch nicht – eine Probe ist keine Bestrafung.«

»Es ist ein faires Angebot, Larten«, bestätigte Paris. »Wenn der Junge die Probe besteht, werden wir deine Entscheidung, ihn anzuzapfen, respektieren und kein Wort mehr über die Angelegenheit verlieren.«

»Außerdem ist es *sein* Ruf, der dann auf dem Spiel steht«, ergänzte Pfeilspitze.

Mr. Crepsley strich sich über seine lange Narbe. »Das leuchtet mir zwar ein«, meinte er, »aber Darren muss selbst entscheiden, ob er darauf eingehen will. Ich zwinge ihn zu nichts.« Er drehte sich nach mir um. »Bist du einverstanden, dass die Gemeinschaft dich auf die Probe stellt, damit unsere guten Namen wieder reingewaschen werden?«

Ich rutschte verlegen auf meinem Stuhl herum. »Ähem ... von was für einer Art Probe ist hier überhaupt die Rede?«, fragte ich schließlich.

»Gute Frage«, meinte der alte Fürst kopfnickend. »Ihn zum Zweikampf mit einem unserer Krieger zu verurteilen, wäre unfair. Gegen einen Oberen hat ein Halbvampir keine Chance.«

»Und eine Mission dauert zu lange«, spann Pfeilspitze den Faden weiter.

»Bleiben noch die Prüfungen«, sagte Mika dumpf.

»Nein!«, brüllte jemand hinter uns. Ich drehte mich um und sah, wie Kurda sich mit hochrotem Gesicht durch die Reihen drängte. »Einspruch! Der Junge ist noch nicht bereit für die Prüfungen. Wenn es unbedingt sein muss, wartet wenigstens ab, bis er älter ist.«

Mika stand auf und trat an den Rand des Podiums. »*Wir* treffen hier die Entscheidungen, Kurda Smahlt«, knurrte er drohend. »Noch bist du kein Fürst, also spiel dich gefälligst nicht so auf.«

Der Zurechtgewiesene blieb stehen und funkelte Mika wütend an.

Dann ließ er sich widerstrebend auf ein Knie nieder und neigte den Kopf. »Bitte entschuldigt meinen Zwischenruf, Euer Gnaden.«

»Schon gut«, brummte Mika und setzte sich wieder.

»Ich bitte die Fürsten um das Wort«, sagte Kurda formell.
Paris wechselte einen Blick mit Mika, der die Achseln zuckte. »Sprich«, sagte der Alte schließlich.
»Die Prüfungen der Einweihung sind auf erfahrene Vampire ausgerichtet, nicht auf Kinder«, gab Kurda zu bedenken. »Mikas Vorschlag ist Darren gegenüber nicht fair.«
»Für einen Vampir ist das Leben niemals *fair*«, mischte sich jetzt Mr. Crepsley wieder ein. »Aber es kann trotzdem *gerecht* sein. Mir gefällt Mikas Idee zwar auch nicht besonders, aber es ist eine gerechte Entscheidung, und ich werde dafür stimmen, wenn Darren selbst einverstanden ist.«
»Entschuldigung«, meldete ich mich jetzt wieder zu Wort, »um was für Prüfungen handelt es sich eigentlich?«
Paris sah mich freundlich an. »Die Prüfungen der Einweihung sind bestimmte Proben, die ein Vampir bestehen muss, wenn er zum Obervampir aufsteigen möchte«, erläuterte er.
»Und was genau soll ich tun?«
»Du musst fünf Aufgaben lösen, um dein Geschick und deinen Mut unter Beweis zu stellen. Um was für Aufgaben es sich handelt, ist zufällig und von Vampir zu Vampir unterschiedlich. Eine besteht zum Beispiel darin, auf den Grund eines tiefen Beckens zu tauchen und ein Medaillon heraufzuholen. Bei einer anderen geht es darum,

herabstürzenden Felsbrocken auszuweichen. Vielleicht musst du auch eine Halle voller glühender Kohlen durchqueren. Manche Prüfungen sind schwieriger als andere, aber alle haben es in sich. Die meisten Vampire kommen mit dem Leben davon, doch es hat auch schon Tote gegeben.«

»Du brauchst nicht einzuwilligen, Darren«, zischte Kurda mir zu. »Diese Prozedur ist nicht für Halbvampire vorgesehen. Du bist dafür noch nicht stark, schnell und erfahren genug. Wenn du Ja sagst, unterschreibst du damit dein eigenes Todesurteil.«

»Da muss ich widersprechen«, warf mein Meister ein. »Darren ist durchaus in der Lage, die Prüfungen zu absolvieren. Es wird ihm zwar nicht leicht fallen, und er muss sich bestimmt anstrengen, doch ich würde niemals mein Einverständnis geben, wenn ich der Meinung wäre, dass er damit völlig überfordert ist.«

»Lasst uns abstimmen«, sagte Mika. »Ich bin für die Prüfungen. Pfeilspitze?«

»Ich bin auch dafür.«

»Paris?«

Der älteste noch lebende Vampir wiegte zweifelnd das weißhaarige Haupt. »Kurda hat nicht ganz Unrecht mit seinem Einwand, dass die Prüfungen nicht für Kinder gedacht sind. Ich vertraue deinem Urteil, Larten, fürchte jedoch, du bist zu optimistisch.«

»Hast du einen besseren Vorschlag?«, blaffte Mika unfreundlich.

»Nein, aber ...« Der Greis seufzte schwer. »Was meinen die Obervampire dazu?«, wandte er sich dann an die Anwesenden. »Wie Kurda und Mika darüber denken, haben wir jetzt gehört. Hat jemand dem noch etwas hinzuzufügen?«

Die Obervampire tuschelten miteinander, und schließlich erhob sich eine mir wohl bekannte Gestalt und räusperte sich: Arra Sails. »Ich schätze Darren Shan«, begann sie. »Ich habe ihm die Hand geschüttelt, und wer mich kennt, weiß, was das bedeutet. Ich glaube Gavner Purl und Larten Crepsley, dass er eine wertvolle Bereicherung unserer Gemeinschaft wäre.

Dennoch stimme ich auch Mika Ver Leth zu: Darren muss erst beweisen, dass er würdig ist, aufgenommen zu werden. Wir alle mussten uns seinerzeit den Prüfungen unterziehen. Durch sie sind wir erst zu dem geworden, was wir heute sind. Ich als Frau hatte es besonders schwer, aber ich habe bestanden und meinen Platz in dieser Halle als Ebenbürtige eingenommen. Wir dürfen keine Ausnahme machen. Ein Vampir, der sich vor dieser Herausforderung drückt, nützt uns nichts. Wir brauchen keine Wickelkinder, die beim ersten Sonnenstrahl mit einem Wiegenliedchen in den Sarg gebracht werden müssen.

Trotz allem«, schloss sie, »bin ich davon überzeugt, dass Darren uns nicht enttäuschen und die Prüfungen bestehen wird. Er hat mein vollstes Vertrauen.« Sie lächelte mich an und schoss Kurda einen giftigen Blick zu. »Wir sollten uns nicht von gewissen Leuten beirren lassen, die den Jungen am liebsten in Watte packen würden. Darren das Recht auf die Prüfungen zu verweigern, wäre für ihn eine Schmach.«

»Große Worte«, schnaubte Kurda. »Könntest du diese erhebende Ansprache bitte bei seiner Bestattung wiederholen?«

»Lieber aufrecht sterben, als in Schande leben«, konterte Arra.

Kurda fluchte unterdrückt. »Nun, Darren?«, fragte er dann. »Willst du wirklich dein Leben aufs Spiel setzen, nur um diesen Schwachköpfen etwas zu beweisen?«

»Nein«, erwiderte ich und sah aus dem Augenwinkel, wie mein Meister schmerzlich das Gesicht verzog. »Ich werde mein Leben aufs Spiel setzen, um *mir selbst* etwas zu beweisen.« Als der Vampir in dem roten Umhang das hörte, strahlte er vor Stolz und salutierte mir mit erhobener Faust.

»Die ganze Halle soll abstimmen«, ordnete Paris an. »Wer ist dafür, dass Darren sich den Prüfungen der Einweihung unterzieht?« Alle außer Kurda hoben die Hand. Der junge Vampir drehte sich empört nach mir um. »Ist das wirklich dein Ernst, Darren?«

Ich machte Mr. Crepsley ein Zeichen, sich zu mir herunterzubeugen. Flüsternd erkundigte ich mich, was passieren würde, wenn ich ablehnte.
»Du wärst für immer entehrt und müsstest den Berg mit Schimpf und Schande verlassen«, sagte er bedeutungsvoll.
»Wäre damit zugleich auch Ihre Ehre befleckt?«, fragte ich weiter, denn ich wusste, dass er großen Wert auf seinen makellosen Ruf legte.
Er nickte. »In den Augen der Fürsten wohl nicht, in meinen eigenen Augen hingegen schon. Da ich dich nun einmal erwählt und angezapft habe, fällt deine Schande auch auf mich zurück.«
Ich dachte nach. Ich diente dem Vampir jetzt schon acht Jahre als Gehilfe und kannte ihn inzwischen ziemlich gut. »Diese Schande könnten Sie nicht ertragen, stimmt's?«
Seine Züge wurden weicher. »Nein«, gab er leise zu.
»Sie würden losziehen und den Tod suchen, nicht wahr? Sich mit wilden Tieren und Vampyren anlegen, bis Sie dabei draufgehen.«
Er nickte. »So was in der Art.«
Das gab für mich den Ausschlag. Vor sechs Jahren hatte der geisteskranke Vampyr Murlough meinen Freund Evra gekidnappt und mit dem Tode bedroht, und Mr. Crepsley hatte sich selbst als Geisel im Austausch für den Schlangenjungen angeboten. Dasselbe hätte er für mich getan, wäre

ich in die Hände des Wahnsinnigen gefallen. Diese Prüfungen hörten sich zwar ziemlich ungemütlich an, doch wenn ich dadurch den Ruf meines Lehrmeisters retten konnte, so war ich ihm das schuldig.
Ich gab mir einen Ruck, sah den Fürsten offen ins Gesicht und verkündete mit fester Stimme: »Ich bin mit den Prüfungen einverstanden.«
»Dann ist der Fall klar«, schmunzelte Paris Skyle zufrieden. »Darren wird morgen wieder hier vor uns erscheinen und sich der ersten Prüfung unterziehen. Jetzt geh und ruh dich aus, mein Junge.«
Damit war ich entlassen. Gavner, Harkat und Kurda begleiteten mich. Mr. Crepsley hatte noch etwas Dienstliches mit den Fürsten zu besprechen; ich nahm an, dass es mit Meister Schick, Harkats Botschaft und den beiden Leichen auf unserem Weg hierher zu tun hatte.
»Bin froh ... dass wir endlich ... da raus sind«, ächzte Harkat. »War verdammt langweilig ... immer dieselben Gesichter ... zu sehen.«
Wider Willen musste ich grinsen, dann wandte ich mich besorgt an Gavner: »Wie schwer ist es denn nun tatsächlich, diese Prüfungen zu bestehen?«, erkundigte ich mich.
»Ziemlich schwer«, seufzte er.
»Ungefähr so schwer, wie ein Loch in die Wände der Fürstenhalle zu bohren«, setzte Kurda schlecht gelaunt hinzu.

»*So* schlimm ist es nun auch wieder nicht«, beschwichtigte Gavner. »Übertreib mal nicht, Kurda – du machst dem Jungen nur unnötig Angst.«
»Das wollte ich nicht«, entschuldigte sich der Jüngere. »Aber es stimmt schon: Die Prüfungen sind für vollwertige Vampire bestimmt. Ich habe mich sechs Jahre lang darauf vorbereitet, wie die meisten von uns, und ich wäre trotzdem fast durchgefallen.«
»Darren schafft das schon«, beharrte Gavner, der den Zweifel in seiner Stimme nicht recht verbergen konnte.
»Na ja, ich kann die Sache ja immer noch abbrechen, wenn sie mir über den Kopf wächst«, wollte ich ihn aufmuntern.
Kurda starrte mich fassungslos an. »Hast du denn nicht zugehört? Anscheinend hast du es immer noch nicht begriffen!«
»Was denn?«
»Man bricht die Prüfungen nicht einfach so ab«, erklärte Gavner. »Man kann sehr wohl dabei versagen, aber man kann deswegen nicht abbrechen – das erlauben die Obervampire nicht.«
»Dann falle ich eben absichtlich durch«, sagte ich achselzuckend. »Wenn es mir zu brenzlig wird, werfe ich einfach das Handtuch. Ich kann ja so tun, als hätte ich mir den Knöchel verstaucht oder so was.«

»Er *will* es offenbar nicht kapieren!«, knurrte Gavner. »Vielleicht hätten wir es ihm noch mal erklären sollen, bevor er eingewilligt hat. Jetzt hat er sein Wort gegeben, und es gibt kein Zurück mehr. Beim Schwarzen Blut von Harnon Oan!«

»*Was* habe ich denn nicht kapiert?« Ich wurde immer verwirrter.

»Bei den Prüfungen bedeutet *jedes* Versagen den Tod!«, sagte Kurda grimmig. Mir blieb die Spucke weg, und ich starrte ihn sprachlos an. »Fast alle, die dabei sterben, kommen bei dem Versuch um, eine der Proben zu bestehen. Wer aber versagt und nicht gleich tot ist, den bringt man in die Todeshalle, steckt ihn in einen Käfig, zieht ihn über die Grube und ...« Er schluckte, heftete den Blick fest auf mich und beendete den Satz im Flüsterton: *»... lässt ihn so oft auf die Pfähle fallen, bis er sein Leben ausgehaucht hat!«*

FORTSETZUNG FOLGT

Und so geht's weiter
im fünften Buch:

Darren Shan

... und die Prüfungen der Finsternis

Rechts neben mir ertönte ein pfeifendes Geräusch. Instinktiv sprang ich zur Seite, als die Flamme emporschoss, ärgerte mich aber sofort über mich selbst – der Feuerstrahl war zwar nicht weit entfernt, doch der Abstand war groß genug, dass mir nichts passieren konnte. Ich hätte einfach stehen bleiben oder einen Schritt zur Seite treten sollen. Mein unüberlegtes Ausweichen hätte mich viel mehr in Gefahr bringen können.

Überall in der Halle loderten Flammen aus dem Boden. Es wurde von Minute zu Minute heißer, und ich hatte schon jetzt Schwierigkeiten zu atmen. Ein paar Zentimeter vor meiner rechten Fußspitze fing eine Düse zu zischen an. Diesmal rührte ich mich nicht, als das Feuer mein Bein versengte – solche kleineren Verbrennungen waren auszuhalten. Aus einer größeren Rohrmündung hinter mir brach jetzt ein kräftigerer Flammenstoß. Trotzdem bewegte ich mich nur gerade so viel, dass ich einigermaßen verschont blieb. Ich spürte, wie die Flammen meinen nackten Rücken hochzüngelten, aber sie richteten keinen ernsthaften Schaden an.

Am schlimmsten war es, wenn gleichzeitig zwei oder noch mehr Flammengarben aus benachbarten Düsen schossen. War ich in solchen Fällen zwischen mehreren Feuersäulen eingeschlossen, konnte ich nur noch den Bauch einziehen und mich an einer halbwegs durchlässigen Stelle durch die Flammenwand schlängeln.

Nach wenigen Minuten schmerzten meine Füße unerträglich – sie hatten am meisten unter der glühenden Hitze zu leiden. Um mir wenigstens eine vorübergehende Erleichterung zu verschaffen, spuckte ich in die Hände und rieb meine Fußsohlen mit dem Speichel ein. Am liebsten wäre ich auf den Händen weitergelaufen, um meinen Füßen eine Verschnaufpause zu gönnen, aber damit hätte ich Kopf und Haare den Flammen ausgesetzt …

… Inzwischen hatte ich jedes Zeitgefühl verloren. Die über den gesamten Boden verteilten, Feuer speienden Düsen erforderten meine ganze Konzentration. Die kleinste Unaufmerksamkeit konnte tödliche Folgen haben.

… Ich versuchte, die gleiche Strecke wieder zurückzugehen, aber immer noch sprühte Feuer aus den Düsen und versperrte mir den Weg. Schließ-

lich gab ich es auf, zog mich wieder in die Ecke zurück und wartete auf irgendeinen Durchschlupf in dem Flammenmeer. Das Dumme war nur – es gab keinen.
Als ich direkt hinter mir ein gurgelndes Geräusch vernahm, blieb ich abrupt stehen. Ein Flammenstrahl brach aus dem Boden und versengte mir den Rücken. Ich verzog vor Schmerz das Gesicht, wich aber nicht aus – wohin auch? Der Sauerstoff in meiner Ecke wurde allmählich knapp. Ich wedelte mit den Händen vor meinem Gesicht herum, um auf diese Weise einen Luftzug zu erzeugen, aber es nützte nichts.
Die Flammensäulen vor mir waren inzwischen zu einer lodernden Wand verschmolzen, deren Durchmesser mindestens zwei oder drei Meter betrug. Durch die wabernde Hitze konnte ich den übrigen Raum kaum noch erkennen. Während ich noch dastand und abwartete, ob sich endlich ein Fluchtweg öffnete, zischten vor mir plötzlich mehrere Düsen gleichzeitig. Offenbar bahnte sich unter meinen Füßen ein gigantischer Feuerball seinen Weg, der jeden Augenblick explodieren konnte! Mir blieb nur der Bruchteil einer Sekunde, um mich zu entscheiden.
Blieb ich stehen – verbrannte ich.
Wich ich zurück – verbrannte ich auch.
Duckte ich mich zur Seite – verbrannte ich ebenfalls.

Sollte ich es wagen, mit einem Satz durch die lodernde Mauer vor mir zu springen? Wahrscheinlich verbrannte ich auch dann, aber hinter der Flammenwand lockten sicherer Boden und frische Luft – falls ich es überhaupt bis dorthin schaffte. Ich war in einer Zwickmühle, aber ich hatte jetzt keine Zeit, lange zu überlegen. Ich kniff Augen und Lippen fest zusammen, legte schützend die Arme vors Gesicht und stürzte mich in die knisternden Flammen.

Feuer hüllte mich ein wie ein gefräßiger, gelbroter Heuschreckenschwarm. Nicht einmal in meinen schlimmsten Albträumen hatte ich mir eine so sengende Hitze ausgemalt. Zum Glück konnte ich einen Aufschrei gerade noch unterdrücken, denn dann wären mir die Flammen sofort in den offenen Mund gedrungen und hätten mich von innen gegrillt …